君だけに愛を

阿野　冠

集英社文庫

目次

君だけに愛を

一章　僕のマリー

深夜〇時の東京駅はことさら明るい。

改札を抜けて八重洲口(やえすぐち)にでた。目の前には工事中の高層ビルが黒々(くろぐろ)と群れをなしてそびえている。ひたすら繁栄を追い求める大都会。着実に変貌(へんぼう)をとげていく日常の中、知恵もなく取り残されたぼくは、七月の猛暑とやり場のない若さをもてあましていた。

大学卒業を来春にひかえ、何ひとつ未来への展望がなかった。

けれども、こうして駅前の夜行バス乗り場でブラックチョコをかじっていると、安易に自分の存在価値を認めたくなる。行き先が古都だとなおさらのこと。口内に溶けていくカカオと共に、ほろ苦い旅情も味わえる。それにまた新幹線よりずっと格安で、運賃は三分の一ですむ。たくわえのない学生の足としては最適だった。

〇時八分の始発まで少し時間がある。

スマホをｏｎにし、『京都石井(いしい)神社』を検索する。そこはぼくの実家で、加茂川(かもがわ)西岸に建つ小さな社(やしろ)を高齢の祖母が守っている。

由緒来歴の欄は読みとばして写真類に目をやった。指先でスライドしていく。あざやかな朱塗りの大鳥居や本殿等の末尾に、セピア色の少女像が一枚載っていた。目をこらすと、嵐山の渡月橋とおぼしき場所で、ミニスカートの見知らぬ女子が晴れやかに笑っている。写真下に『村山静子さん』とだけ記されていた。

きれいな目鼻立ちだ。

古い白黒写真なのでよけいに美貌がきわだつ。写真欄にまぎれこんだ美少女は、いったい石井神社と何のゆかりがあるのだろうか。

その時、ターミナルステーションに音もなく高速深夜バスが入ってきた。

「こっちおいない」

北野天満宮の縁日で声をかけられた。

小提灯の明かりの下、ひっつめ髪の少女が照らしだされた。

同級生の村山静子さんだ。西陣中学校ではほとんど話したことがない。浴衣姿の彼女はいきなり手をつないできた。不意打ちみたいな接触やった。

私はおずおずと問いかけた。

「どこ行くのん」

「ついてきたらわかる」

汗ばんだ村山さんの右手には強い意志がこもっている。

しかたなく屋台店の立ちならぶ参道を一緒に歩きだす。人波のとぎれた灯籠脇で、私はからくも言い返した。

「村山さん、なんで今日学校きいひんかったえ」

「どうでもええやろ。勉強なんかなんの役にも立てへんし」

「そやな。うちも勉強はきらいや」

「みんな自分の都合で暮らしてるんやよって。学校休むのんもあての勝手」

彼女はすでに勉強や宿題のない居場所を見つけてる。両親の言いつけを後生大事に守っている私に対抗策などない。

「かんにんえ。いたらんこと言うて」

すなおにあやまると、静子のかたい表情がゆるんだ。

「ほな、あんたにだけ教えたげる。昨日あてのおばぁちゃん死なはったんや」

「えっ、そんなん考えもつけへん」

「お葬式もあて一人で済ませたんえ。このことだれにも言うたらあかんよ」

目を合わさず、静子が大人びた口調で言った。

私はこっくりとうなずく。

村山さんの祖母がどこに住んでいたのかさえ知らない。そやけど、彼女が上七軒の置屋のあずかり子だということだけはしっかりと認識してる。

進路が定まっているのは、一年前に転校してきた彼女だけ。中学卒業後は上七軒の検番で花街のしきたりや歌舞音曲を習い、舞妓さんとしてお座敷にあがるらしい。そしてやがては五ツ紋の上絹の着物をまとう芸妓となるんや。

同級生の女生徒らはだれもうらやましがってはいない。

なぜなら古都の少女たちは、けっして花街に足を踏み入れないから。一昔前そこは遊郭と呼ばれていた色里で、検番に通っているのは他郷の女の子ばかりやった。

参道横の通りは骨董市になっていて、さまざまなガラクタ品がならんでいる。

都はるみさんの歌声がポータブルプレイヤーから流れてきた。

「……アンコ～ッ」

売り出し中の人気歌手で、うなり声のような独特のこぶし回しが心地ええ。

『アンコ椿は恋の花』が大ヒットし、後援会に入っている町衆らは色めき立ってる。独力で道をきりひらき、遠い東京で活躍している都はるみさんは、私にとって特等のヒロインやった。

彼女は地元の西陣出身で、親御さんは機織りの仕事をしてはる。わが家も同じ稼業だ。テレビ画面に彼女が映るごとに、性懲りもなく母が愚痴ってた。

うちの娘（こ）は二人そろうて音痴やさかい、どないもならへん。

事実なので、私は聞き流してテレビを見ていた。でも年子の姉はそのたんびに怒り、足音高く廊下を踏み鳴らして自室へもどっていった。

私はぺこりと頭をさげた。

「ごめんな、村山さん。あんたのおばぁちゃん、亡（の）うならはったこと知らへんかった」

「学校には葬式があるから休むて伝えてたよ」

「先生がなんも言わはらへんよって」

「そんなことやろと思てたわ。あて嫌いやねん、担任の倉持（くらもち）先生。女教師たちはみんな、あてのこと目のカタキにしてる」

「先生のこと、嫌いて言うてええのんか」

「お金持ちで勉強のできる子ばっかりひいきにしてはるやないの。このあいだも白粉（おしろい）の匂（にお）いが残ってると注意してきて、ケダモノを見るような目であてを見てはったし」

「うちも宿題を忘れて、しかられてばっかりや」

「かっはは、あてら気が合うな」

村山さんが年増（としま）みたいなかすれ声で笑った。

私もつられて微笑（ほほえ）む。都はるみの力強い歌声に鼓舞（こぶ）され、一気に心の垣根がとれた気がする。

急に親近感がわいてきて、相手を見る目が変わった。たがいにクラスの問題児やった。けれども、怖い倉持先生の悪口を平然と言える村山さんは勇気があると思った。

彼女はみなしごで、裏日本の小浜からもらわれてきたと学校で噂になってた。唯一の肉親だった祖母が亡くなっても、けっして泣き顔をみせない。いつも捨て身やから、かえって正直に自分らしく生きていけるのやろな。

私の未来もかぎられてる。

高校へは進学するけど、向学心がないので大学にはいけそうもない。二女はいつだって損な役まわりや。下請けの機織りを生業とする母を手伝い、このままずっと実家暮らしを続けていくような気がする。

にぎっていた手を離し、村山さんが足早で歩きだす。

五、六歩ほど先まで歩み、柔軟に左半身でふりかえる。それから踊りの所作のように朝顔模様の浴衣の小袖をくるりと手首に巻きつけた。

「りょーちゃん、こっちこっち」

親しげな呼び名をあびせかけられ、私は戸惑うばかりやった。

中背やけど、うりざね顔の村山さんは人目をひく。まわりの参拝客たちの視線が、さっと浴衣姿の美少女に向けられる。

学校でそんな呼び方はせぇへん。私は彼女のことを村山さんと呼び、彼女は私を涼子(りょうこ)さんと言うてる。そやけど、しぜんな流れで『りょーちゃん』に変わってた。

やたら大柄な私は、いつものように背をかがめて歩く。

ちびた下駄(げた)の音が石畳の参道にひびく。

おまけにポケットの中にためこんだ十円銅貨がジャラジャラと鳴った。母が縫うてくれた特大の青いワンピースには、ポッケが左右についている。気ままな父は機嫌がいいと十円玉を放りこむ。

　いつも銅貨で満杯のポッケは私を幸せにしてくれた。

なによりも十円玉が大好きやった。買い食いほど楽しいもんはない。たこ焼きにダッコちゃん焼き、二度漬け禁止の串カツも銅貨数枚で口に入るし。

ジャラジャラ鳴るから私の居場所はすぐわかる。猫の首鈴と同じやと近所の人たちに言われてた。

　どんなに笑われてもかめへん。

　ポッケの中のジャラ銭(せん)を両手で握りしめてると、自分の価値がどんどん上がっていくような浮遊感につつまれるねん。

「村山さん、待って。速すぎるよ」

声をかけたが、ふりかえりもしない。

少し遅れてついていくと、老松の横合いに小道があった。歩を速めた彼女の姿が参道脇の暗い空き地へとのまれていく。その俊敏な足取りは、まるで『不思議の国のアリス』に出てくる忙しいウサギのようやった。

胸の鼓動が高まる。

心細くなった私は、もういちど背後から大きめの声をだす。

「どこ、どこへ連れていくのん」

「もうすぐわかる」

「わからへん。なんでうちなん？」

「あんたやないと、うまくいかへんこともあるんえ」

よけいに頭が混乱する。習い事も最後までやりとおした例がない。なので、誇れる特技や個性なんてこれっぽっちも持ち合わせてはいない。私にしかできないことなんか、この世に一つもないと思う。

いや、一つだけあるかもしれへん。

高い所に置いてる物ならだれよりも簡単にとれる。中学生になったとたん、急に背丈がのびて一七〇センチを超えた。

きっと忌まわしい初潮のせいやと思う。小六までは最前列やった。それが今では一七六センチもある。全校の女生徒の中で一番の背高のっぽになってしもた。

からだの成長に気持ちが追いつかない。

中三の姉は美容院に行ってるけど、私はいまだに父親と一緒に散髪屋さんで髪を切ってもろてる。整髪後にチロルチョコをもらえるのがなによりも嬉（うれ）しかった。どうやら私の行動は食欲に支配されているようだ。

背が異常に高い。それに小ざっぱりしたショートカットなので、よく男の子にまちがわれる。

なんの運動もしてへんのに両手両足がずんずん伸びていく。就眠時に全身の骨がひっぱられる感じがして痛みがひどかった。ついに女子バレーボール部の監督に目をつけられ、しつっこく入部を誘われた。

私は勉強だけでなく、過激な運動も嫌いやった。断りをいれ、以後はできるだけ背を丸めて歩くことにした。

陰口を叩（たた）かれ、さまざまなひどいあだ名をつけられた。それでも成長の遅い男子生徒たちを見下ろすことに、ある種の快感をおぼえてた。

つい先だっても、京都大学附属病院へと連れて行かれた。

チビ助の父の素人（しろうと）診断で、私は巨人病だと決めつけられてた。じっさい父の親族は小柄な人々ばかりやった。

心配性の母は、「このまま伸びたらジャイアント馬場みたいになってしまう」と嘆き、叔母さんたちは、「あんたの背を五センチずつ四人の従兄弟たちに分けてやってくれ」と本気で言うてはった。

大学病院の老医師は、やせっぽちの私を丸裸にしてさまざまな検査をした。べつに恥ずかしくはなかったけど、おじぃちゃん先生に全身をさわられまくって大損した気分やった。

診断結果は『最高の健康体』。

ほんまにあほらしい話や。

参道脇の薄暗い空き地から、太鼓がドロドロと鳴り始めた。天神さんの縁日には見世物小屋がかかる。移動式のテント小屋が建てられ、モーターショーや女子プロレスが開催されることもある。

夏場にはお化け屋敷も出現した。

呼びこみのおじさんのしゃがれ声が台上からふってきた。

「かわいそうなのはこの子でござる。なんの因果かろくろっ首の弥生ちゃん、足まで悪いので小屋から一歩もでられない」

入口横の大看板には、ろの字に折れ曲がった首の花魁姿の少女が描かれていた。いつもは目を伏せて素通りするんやけど、村山さんが道をふさいで通せんぼをした。

「入ろ、りょーちゃん。おもしろそうやんか」

「大人と一緒やないと入られへんで」

「心配せんとき。二人一緒やったら大丈夫や。さ、おいで」

イヤな予感が胸をよぎる。

彼女が私を連れてきたかった場所は、よりにもよってこの奇怪な小屋なのだろうか。

それにしても、「小屋から一歩もでられない」という痛切なフレーズは心にグサリと突き刺さった。

とじこめられている少女が本当に哀れだと感じた。

町をほっつき歩いている私からすれば拷問に等しい。しかも見世物小屋でさらし者になってるのだ。

小屋前で立ちどまった私たちを見て、客寄せのおじさんが背後に声をかけた。

「やーい、弥生ちゃん。ちょいと顔をだしてくれますか」

間拍子を合わせ、ドロドロ太鼓の音が高まった。

「あい、あ〜い……」

切ない少女の声が小屋内から聞こえた。

そして、大看板の上の小穴から弥生ちゃんが姿をのぞかせた。顔だけがろくろっ首の上部に見える。異様に長い首なのだと想像できた。看板の恐ろしい似顔絵とちごうて、実物の弥生ちゃんはきれいな女の子やった。

だからよけいに残忍に映る。激しく胸をうたれ、私は泣きそうになった。それも一瞬で、弥生ちゃんはサッと中へひっこんだ。

私は胸元を両手で押さえた。

「びっくりしたワ。あんなとこから顔だけ出すやなんて」

「でも、ろくろっ首は見えてへん」

「そやな。ずるいと思う」

まんまと客寄せのおじさんの術策にはまってしもた。怖いもの見たさというより、同じ年ごろの少女への興味が抑えきれない。

察した村山さんがスッとあごをしゃくった。

「りょーちゃん、入るよ。入場料は自分で払いや」

つよい口調でうながされ、私はポッケの中のジャラ銭を握りしめた。

先頭に立たされた私は、三十円の子供料金で入ろうとした。すると、もぎりのおばさんにさえぎられた。

「大きいおねぇちゃん、ごまかしたらあきまへんで」

「えっ、どうゆうこと」

「どこから見ても、あんたは十八歳をこえてるがな。ズルせんと、ちゃんと正規の大人料金を払いなさい」

「うち、まだ中学二年生やし」

抗議したが、まったく受けつけてもらえへん。

「ウソついたらあかん。六尺ゆたかな女子中学生なんかこの世にいてますかいな」

「目の前にいてるやんか」

「よく見なさいや、大人と子供の境界はそこの柱に書かれてるやろ」

たしかに入口の細い柱には黒マジックの横線が記されている。

境界線は私の肩あたりにあった。

どう見ても失格や。

奥目のおばさんが勝ち誇ったように言い放つ。

「あんたは大人料金の百円。連れの女の子は子供料金の三十円でええ。さ、文句言わんと早よ入り」

「うちほんまに中二やて。なァ、村山さん。そやな」

うしろの同級生に助けを求めたが知らん顔をしてる。

その時になってやっとわかった。村山さんが言うた『あんたにしかできないこと』とは、大人の同伴者として見世物小屋へ一緒に入ることやったらしい。

完ぺきに利用されたので腹は立たへんかった。

両のポッケに手をつっこみ、十個の十円玉をとりだす。そして、もぎりのおばさんの両手にジャラジャラと銅貨を流し入れた。

村山さんと共に小屋内に入ると蒸し暑かった。空気がよどみ、古いテントの木綿地の匂いがきつい。

うしろから数組の親子連れもやってきた。幼い子供たちは父親のうしろに隠れ、こっそりとあたりをうかがってた。

裸電灯の下、小屋隅に少女がぽつねんとすわっている。

大看板に描かれた花魁姿ではなく、ペラペラの薄いピンクのナイロン服を着ていた。夏場なので、分厚い着物の重ね着はでけへんらしい。

当たり前やけど、ろくろっ首やなかった。両足も異常はなく、一人でどこへでも歩いていけそうや。

ふつうの弥生ちゃんやった。

私は、ほっと胸をなでおろした。

それからそばにいる村山さんにチラリと目配せした。二人でかすかに微笑み合った。こうして健常な弥生ちゃんを見られたことは百円以上の価値がある。私は大人料金を払ってよかったと思った。

そばの村山さんが、そっと小声で言った。

「……あの子、愛想ないな」

「でも可愛いやんか」

「うん。ピンクの洋服が似合うてる」

弥生ちゃんは笑顔一つみせへんかった。すべてをあきらめた表情をしてる。空虚な瞳が、どこかしらみなしごの村山さんに似ていた。

申しわけない気がして、やはり長く見つめてられへん。

弥生ちゃんにしてみれば、これも日常の一コマにすぎない。入場料さえせしめれば、あとのサービスはいっさいなしや。でも変に納得した。親子連れの客たちも何ひとつ文句を言わへんかった。

安っぽい種明かしこそ、入場者たちの望んでた光景やったのかも。

数分もせんうちに、私らの一団は小屋外へ退出させられた。

二人は大きく両手をひろげて新鮮な外気を吸った。からだにこびりついた弥生ちゃんの悲哀がハラハラと剝がれ落ちていくような気がする。

いつも強気な村山さんが、両肩を落としてあやまった。

「ごめんな、りょーちゃん。ダシに使うてしもて。どうしても見てみたかったんや」

「なんやしらんけど、少しわかる気がする」

「自分が不幸せやと、もっと不幸せな女の子がいることを確かめとうなるねん」

「でもあの娘、ひらきなおってたえ」

「そやな。目元がもぎりのおばちゃんと同じやし、きっと呼びこみのおっちゃんが父親やと思う。身寄りのないあてのほうがずっと不幸や」

このままでは彼女の不幸話をたっぷりときかされそうだ。

それに晩ごはんの時間が迫ってる。いったん自宅で食事をすませ、こんどは一人っきりで縁日の夜店をひやかして歩こうと思った。ポッケの底には、まだ五、六個の十円玉が残ってるし、食後のかき氷は抜群にうまいのだ。

私はさりげなく言った。

「うちの任務も終わったようやし、村山さん、ここで別れよか」

「そうはいかんにゃ。続きがあるねんで」

「えっ、まだつづくのん」

「そうや。あてについといで」

再び忙しいウサギと化した彼女は、天神さんの森を横切って紅(あか)い灯(ひ)がきらめく場所へと進んで行った。

私たちにとって、そこは危険な夜道だった。北野天満宮は上七軒の花街と隣接している。母からきいた話では、八坂(やさか)神社のそばで祇園(ぎおん)が栄えているように、京の都は昔から神社仏閣と色里が共存してきたらしい。

女の子は天神さんの縁日には行ける。でも、すぐ近くにある花街に足を踏み入れることはかたく禁じられていた。

するど暗い抜け道の奥に和洋折衷の不思議な建物が見えた。

やっと村山さんの足がとまった。白いタイル張りの玄関口は西洋風のホテルみたいだが、全体像は古い日本旅館のようにも映る。

「りょーちゃん。ここがあての本当の学校やねん」

玄関口の大きな看板には、練達の筆さばきで『上七軒歌舞練場』と書かれていた。彼女の不可解な言動がくみとれず、気持ちが落ち着かない。

ここで時間を浪費したら、大事な晩ごはんを食べそこなってしまう。

私は口をとがらせた。

「なんでこんなとこに連れてきたん」

「りょーちゃんにだけは知ってほしかったんや。いっつも背をかがめ、ポケットに両手をつっこんで、一人で天神さんのまわりをぶらついてるし」

「そやかて、ほかになんもすることないもん」

「それを世間では不良娘と言うんやで」

不良と呼ばれて、なんだか嬉しくなった。やんちゃな少年だけでなく、町をさまよう少女にとっては最高のほめ言葉だ。

しぜんに口元がほころんだ。

「無茶いわはる」

「花街で生きてるあても同類やし」

「うん。同じ仲間や」

「でもな、芸者さんたちはお座敷で客と酒ばっかり飲んで、一緒に遊びほうけてるのんとちがうねん。みんな朝早うから歌舞練場に通うて、必死にお稽古ごとにはげんではるねん。あてかて、ほら……」

　静子はそう言って、ずっと隠していた左手をさらした。

　親指以外の四本の指先には赤黒い血豆ができていた。見てるだけで痛々しい。中には血豆がつぶれて膿んだ箇所もあった。

「ひどいな、これ」

「お三味線の稽古がきつうて、三弦を指で押さえるたんびに泣きとうなる」

「ようがまんできるな」

「しかたないもん、住み込みで奉公してるんやよって。稽古を休んだら置屋のおかみさんに叩かれるし」

「かして」

　私は右手をさしのばし、傷ついた彼女の左手をやんわりと握った。指先だけでなく、手のひらも擦り傷でざらついていた。

一年前、近くの市電の停留所で禿姿に着飾っている女童らをみたことがある。一緒にいた母が、北野踊りの手伝いの子やと教えてくれた。所在なげな年かさの美少女と正面から目が合った。

相手はさっと視線をそらしてうつむいた。白塗りの化粧をしているが、小浜からの転校生にちがいなかった。

その件はクラスのだれにも言わなかった。翌日に村山さんとも顔を合わせたが、おたがいに何もなかった風に接した。

もしかしたら私に対する彼女の好意は、あの時にめばえたのかもしれない。

歌舞練場の玄関先で、村山さんがさそい笑いをしながら言った。

「おかしいねんで。あてのことな、芸者のおねぇさんたちはみんな『しーちゃん』って言わはるんや」

他国者の村山静子のことを、そう呼ぶ者はクラスにはいない。情の強い彼女も、やはりふつうに愛称で呼び合ってじゃれ合いたいのだろう。

「そうなん。おねぇさんたちに好かれてんのんやなぁ」

「そやから、りょーちゃんもあてのこと、静子ちゃんとか、またはもっと親しくしーちゃんって呼んでええんよ」

「急にいわれても呼びにくいけど……」

「さ、遊ぼ、もっと二人で遊ぼ。だれも知らない抜け道を通って、上七軒のはずれにある喫茶店へ連れてってたげる」

静子は左右の手をにぎりなおし、歌舞練場の裏手へとまわった。彼女はいつも速足なので、のろい足どりの私とは歩調が合わない。

「いたい、いたい。しーちゃん、うちの手をひっぱらんといて」

「ゆうたな、あてのこと、しーちゃんってゆうた」

立ちどまった静子が堰(せき)を切ったように笑いだす。

強引なさそい笑いにつられ、私も笑声まじりに言った。

「こんなんあかんよ。育て親のおばぁちゃん亡(の)うならはったのに不謹慎や」

「かめへんねん。あて、おばぁちゃん嫌いやったし」

「先生も嫌い、おばぁちゃんも嫌いて、なんやそれ」

「おばぁちゃんは善人すぎるし、倉持先生は意地悪(いけず)すぎる。この前も授業中に自分のことを『あて』て言うたらあかんて注意された」

「うちもしかられたで、『うち』言うたらあかんて。『わたし』と言うんやて」

「あほらし。何がわたしや、タワシみたいな顔で演説して」

きれいすぎる顔で、静子が女漫才師みたいな声音(こわね)で言った。

一九六四年東京オリンピックが成功し、これからは世界の人々と対等に付き合っていかねばならないようだ。

日本の未来に目をむけ、京都の女子も自分の事を『わたし』言うのが望ましい。いつまでも古い因習にしばられず、個人として成長しないといけないらしい。それには猛勉強し、知識や教養を身につけることが大切なのだそうだ。

いつだって担任の女教師の話は勉強にたどり着く。

知性と縁遠い私は納得しきれなかった。勉強ぎらいなのも個人としての持ち味なのだと思う。現に近所の人たちは、がり勉の姉よりものんびり屋の私のことを可愛がってくれていた。

調子づいた静子が、さらに話をかぶせてきた。

「あてもあかん、うちもあかん、なんでもあかんばっかりやないの。あては一生、わたしなんてきどった言葉は使えへん」

「なんでも反対共産党。特攻隊帰りのうちのおとうちゃんが、そんな風に言うてはった」

「あてかて言うたる、なんでも反対倉持センセイッ」

私も歯止めがきかなくなった。

「反対、反対、倉持センセイッ」

顔を見合わせ、二人で声高く笑い合った。

キツネ顔の女教師の悪口を言って胸がさっぱりした。畏怖の対象を笑いとばしたことで、私たちの距離はいっそう縮まった。

　でも、本当に楽しいのかどうかはわからなかった。

　ひとしきり笑ったあと、静子が束ねた黒髪をといて手櫛（てぐし）した。一連の所作が艶（なま）めいている。幼い顔が一変し、いっぱしの京女みたいな表情になった。

　そして探るような表情で言った。

「あて小耳にはさんだんやけど、ジュリーの家（うち）に行くてほんまか」

　ジュリーがボーカルの『ザ・タイガース』は全員が京都出身だった。今では演歌の都はるみさんをしのぐほどの人気者になっている。

「明後日（あさって）から夏休みやし、同級生のルミや真知子（まちこ）ちゃんと一緒にザ・タイガースのメンバーの実家を探しに行くんや」

「女だけの冒険の旅か。楽しそうやなぁ」

「最初はトッポのとこや。そこはもうわかってんねん」

「へぇ、どこやのン」

「北野の白梅町（はくばいちょう）」

「すぐ近くやないの。あても行きたいけど、おばぁちゃんが死なはって喪中やし」

　残念そうに言って、ちらりと上目づかいにこっちを見た。

　きっと誘ってほしいのだ。

それぐらいは私も察することができる。年ごろの女の子の頭の中は男性アイドルのことでいっぱいだ。

大人気のグループ・サウンズならなおさらのこと。私が言いだしっぺになり、夏休みに級友らとザ・タイガース全員の家めぐりを計画していた。その中に他国者の静子は入っていない。

そのことは当の静子も心得ているはずだ。

なので、少し曖昧な口調になった。

「まだどうなるか決まってへん。いまのところ知ってる家はトッポのとこだけやし」

「それやったら言うけど、あても一人だけメンバーの家を知ってるえ」

「だれ、だれやのん？」

「リズムギターのタローや。お茶屋のおねぇさんに教えてもろた。そやけど口外したら怒られるし……」

握っていた手を離し、静子がしぶとく食い下がってきた。

静子はどうしてもザ・タイガースの実家めぐりに同行したいらしい。これが交換条件というものだろう。

たぶん彼女が私と親しくなろうとした動機はそこにあるのかもしれない。裏日本からやって来た転校生は早くも京女の下地に染まり、心根が巻貝のように内へ内へとねじれこんでいた。

　ここで私が誘えば、彼女はタローの家をあっさり打ち明けるはず。でも、きっとルミや真知子は静子を仲間入りさせることに同意しない。

　少女たちにとって、アイドルの実家めぐりは最高の冒険旅行やった。

　選択を迫られた私は、精一杯の知恵を働かせた。

「うちな、タローにはあんまり興味ないねん」

「ほんならだれのファンなん」

「決まってるやろ、ジュリーや。タイガース全員のファンというより、ジュリーの大ファンやねん」

「カッハハ、また同じや。あてもジュリーが大好き。家は知らんけど」

　静子が独特のかすれ声で笑い、手を拍(う)ってはしゃいだ。

　まるで意気投合した仲間みたいに熱い視線を送ってくる。一緒に盛り上がりたい気持ちを、私はぐっと抑えこんだ。

　これまでは買い食いにしか興味がなかった。けれども、初潮がきて背が伸びるにつれて魂(たましい)が一変した。

　無性にジュリーが愛(いと)しくなった。

　言葉では説明のつかない激しい感情やった。それは沈静しない熱病としか言いようがなかった。

初めて自分のお金を使い、デビュー曲の『僕のマリー』のレコードを買った。それまでポータブルプレイヤーで聴いていたのは、父が愛唱する『てなもんや三度笠』のテーマ曲だった。

私はいつもジャラ銭を鳴らして町を歩き、「スットントロリコ、スチャラカチャンチャン」と口ずさんでた。電気工の父は藤田まことのファンで、たまに早めに帰宅するとテレビの喜劇ばっかり見ていた。

コミック歌謡からグループ・サウンズへの大転換。

父の芳治（よしじ）の留守を見計らい、私はくりかえしジュリーの甘くねばっこい歌声に身をゆだねた。ザ・タイガースのコンサートに行くなんて考えたこともない。入場チケットをどこで買うのかも知らなかった。

ジャラ銭は満ち足りているが、月々のおこづかいは定められていない。

金額は父の気分しだい。コンサート会場に入るには、たぶん両のポッケに満杯の銅貨でも足りないだろう。何百個もの十円玉を収集しなければ、間近で実物のジュリーを見ることは叶（かな）わない。

本当に欲しいものは何ひとつ得られない。私たち少女は、すべて親が与えてくれるものしか手に入らないのだ。

とにかく、今はなんとしてもタローの家を聞き出すことが先決だと思った。

私はつとめて事務的な口調で彼女に提案した。

「ジュリーやトッポは置いといて、先にタローの家にみんなで一緒に行こ」

「どうしょうかなぁ。検番のおねぇさんらにしかられるかもしれへんし……」

かけひきを楽しむように静子が間をあける。

辛抱できず、私はせっついた。

「早よ教えて、どこやのン。一緒に行くて言うてるやないの」

「……五番町や」

「えっ、それはあかんえ」

ほんの一カ月前、父の本棚にあった妖しい小説を盗み読みした。

題名は『五番町夕霧楼』。

筆者は水上勉といって、京都のお寺で修行していたお人やと解説に載っていた。文章がむずかしすぎて、中学生の私には内容がよく理解できなかった。

貧しい育ちの少女が、父親に五番町の遊郭に売られて男たちの慰み者にされる。やがて幼なじみの少年とめぐり逢うが悲恋に終わってしまうのだ。女主人公が次々と不幸に見舞われ、とても息苦しかった。

それでも圧倒的な筆力にひきずられて最後まで読み切った。後味もよくなかった。読まなければよかったとさえ思った。

やはり五番町は女の子がけっして行ってはならない場所なのだ。それだけはしっかりと理解できた。

静子が間近で小首をかしげた。

「なんでなン。意味がわからへん」

私は言葉に詰まった。

考えてみれば置屋暮らしの彼女も似たような境遇やった。舞妓の間は無事だが、芸妓へと一本立ちするとき衣装代に大金が必要となる。そして最悪の場合は老醜の金主をあてがわれてしまうらしい。

西陣中学の女生徒たちは、みんなその事を知っているので静子に近寄らない。担任の女教師が白粉の残り香に眉をひそめるのも同じ理由からだろう。

言いよどんでいると、静子がくぐもった声をだした。

「りょーちゃん、もしかしたら勘ちがいしてへん。いまの五番町は住宅地やし」

「そやけど、あそこは昔から大人の男の人が行かはるとこやんか。小説にもそう書いてあった。うちらが行ったらあかんねん」

じっさい京都には他人の目がいっぱいあって、悪所へ行けばかならずだれかに見られてしまう。

どこにいても、巨体の私は悪目立ちする。

五番町を私のような女子中学生がうろついていたら、交番のおまわりさんに補導されるかもしれない。でも、すでに大人の領域に片足をのっけている静子は強気の姿勢をくずさなかった。

「怖がるなんて、りょーちゃんらしゅうない。夜中でも平気で一人で歩いてるし、見世物小屋にかて、大人料金であてと一緒に入ったやん」

「そうやけど……」

「お昼にあてと一緒にタローの家へ行ったらええやんか。京の舞妓は未成年やけど、お酒の席にまじって踊りを披露することもあるんやし、どこにでも行ける」

「しーちゃんと二人でか」

それでは仲良しの友だちを裏切ることになる。夏休みの冒険旅行は、一週間前にルミや真知子たちと約束している。ここで静子の口車にのったら、彼女と同じくクラスで除け者にされてしまうだろう。

その一方、せっかく仲良くなれた静子を傷つけたくないという気持ちも少しはあった。

どうにか打開策を思いつき、私は気負いこんで言った。

「うちな、やっぱりジュリーや。最初はジュリーの家へ行く。そう決めた」

「場所もわからへんのに、よう言うワ」

「ぜったい探し出してみせる」

「せっかくタローの家を教えたげたのに、えろう損した。そやけど、もしジュリーの家がわかったら真っ先に知らせてや。あても一緒に行くし」

逆に深みにはまってしまった。いったんからまった二人の手は、どんなにあがいても離れようがないのだ。

だけど静子との共通点はゆるぎがない。

一番はジュリー。

こんなにきれいな顔をした男の人を見たことがない。面長でくっきりした二重まぶたは、京都が誇るどんな国宝よりも価値がある。

ジュリーの憂いをおびたけだるい瞳は、私の心をしっとりと満たしてくれた。ありがたくて、神々しくて、ポスターを見ているだけで両手を合わせたくなる。

しかも彼は硬派の不良で、京都でいちばん喧嘩が強い。根っからの女嫌いだが、すなおでぼんやりした女の子にはやさしく接してくれるらしい。

すべて又聞きの噂にすぎないが、私には理想の男性像に映った。

お金がないのでコンサートには行けない。だからこそ、実家を訪問してジュリーの暮らしていた空間に身をおきたかった。

年配の芸者さんと親しくしている静子は耳年増だ。私が同行の返事をしぶってると、最後の切り札をサッとさばいた。

「あて、ほんまはベース担当のサリーの家も知ってんねんで」

「ちびちび小出しにせんときぃや」

「サリーは地味やし、興味ないかもしれんけど」

「もったいぶらんと教えてぇな。うちの負けや。みんなで一緒に行こ」

「こまかい番地までは知らんけど、おねぇさんたちから聞いた話やと疏水近くの北白川あたりに住んではるらしい」

「そこやったら探し出せるっ」

思わず声が裏返った。

少女一人の遠出は厳禁だが、そのあたりには何度も行った。疎水の溜め池を利用して水泳を教える教習会があったのだ。毎年私は年子の姉と夏休みに市電で通っていた。百万遍の駅で降り、東大路通りを進んで溜め池までまっすぐ行けばいい。

水泳教室でも姉の久美子は優等生だった。すぐにクロールとバタフライの泳法をおぼえ、着実に等級をあげていった。一方食い意地の張った私は、教習後の素うどんが楽しみで同行していた。

琵琶湖から流れこむ疎水は、苔臭くて苦手だった。

ここでも二女は親に粗末にあつかわれた。私だけ競泳用の水中眼鏡を買ってもらえなかった。澱(よど)んだ水中で目もあけられず、まぶたをぐっと閉じていた。これでは等級はちっとも上がらへん。

それでも素うどんの魅力に惹(ひ)かれ、ひょこひょこ姉のうしろについていった。

高校受験をひかえた姉は、今年の夏は水泳教室へ行くのをやめて塾通いをすることになった。私にとっては、遠くへ単独行動ができる絶好の機会がめぐってきたのだ。

「あの辺に行くんやったら、いっぱい時間がとれるワ。うちは疏水の水泳教室に行くフリすんにゃ」

「おもしろいなぁ。あても歌舞練場へ行くフリや。ほんまに楽しみやワ」

静子はすっかり仲間入りできた気になっている。

他郷の美少女の顔がまぶしい。心底うれしそうな表情をしてた。そやけどルミや真知子の了解はとれていないのだ。

でも逃げ場はいっぱいある。

いったん縁日で別れたら連絡のとりようがなかった。わが家には黒電話が一台あるだけやし、静子が暮らす置屋にはこれまで行ったことがない。

考えてみれば、置屋のあずかり子の彼女は籠(かご)の鳥なのだ。見世物小屋の少女と同じく、花街という苦界(くがい)にとじこめられてる。

夏休みの大冒険を約束したけど、集合場所や会う時間を伝えなければすむ。静子は持ち札をぜんぶ切ってしまっていた。おかげでザ・タイガースのメンバーの実家を、私はやすやすと手に入れたのだ。

自分の残酷さに驚いた。

けれども彼女とは行きずりの仲だ。まだ本当の友だちではない。だから、こうした対応でいいのだと自分に言いきかせた。

私はさりげなく尋ねた。

「しーちゃん、明日の終業式に来るのん？」

「行かへん。いけずな倉持先生がみんなの前で成績発表しはるやろし」

きっとそうなる。

成績不振の私は気が重くなった。

二章　花の首飾り

やはり静子は一学期の終業式に来なかった。

彼女の判断は正しかった。担任の倉持先生は通知表を手渡すとき、生徒たちそれぞれの順位を声に出して発表したのだ。

からくも私は中の下グループにとどまった。一学年上の姉が成績優秀なので、まだ伸びしろがあると判断されたのかもしれへん。

喪中を理由に欠席しても、謹厳な女教師は容赦しない。

「ちなみに今日お休みの村山静子さんは……」

いったん間をおいてから、はっきりと順位を言った。小馬鹿にしたような生徒らの笑い声が教室内に広がった。本人が予想していたとおり静子は最下位だった。

笑っていないのは私一人だけ。

すでに他国者の少女の凄（すご）みを知ってしまってる。浴衣姿の静子の容姿は、縁日にやってきたどんな女性よりも優美だった。

なぜか異口同音に、教師らは見かけよりも中身が大事だと力説する。言いかえれば人は外見より心が大切で、教養は顔に出るそうだ。

でも、そう言うてはる御本人はひどい悪相なので笑ってしまう。

たまに例外もある。色黒で大づくりな私とちごうて、姉の久美子は『西陣小町』と呼ばれるほどの美人やった。

勉強もでき、性格も真っ正直だ。機織りに時間をとられる母にかわって、幼いころから愚鈍な妹にやさしく絵本を読み聞かせてくれた。私の小さな脳みそに刻まれた知識のほとんどは、文学少女の姉から伝えられたものだ。怪しげな乱読癖も、彼女の影響にちがいなかった。

たった一つちがいなのに、姉として強い使命感を持っている。たのもしい庇護者となり、これまでずっと一緒に遊んでくれていた。そやけど高校受験が間近にせまり、有名進学校をめざす姉は自室にこもることが多くなった。

さびしくはなかった。

姉と一緒だと、不用意な言動を注意されてばっかり。それに私のほうがずっと背が高いので、いつも姉だとまちがわれてしまう。姉の久美子も愉快げに妹のフリをするのでうっとうしかった。

下校時、校門の外で二人の仲間と落ち合った。

成績のよかった真知子は晴れやかな顔をしてる。その横で順位の落ちたルミは浮かない表情やった。

通信簿を見せたら、きっと染物屋の父親にしかられることだろう。

「どないしょ。お父ちゃんのゲンコツがふってくる」

すっかり落ちこんだルミを、優等生の真知子がなぐさめた。

「大丈夫やて。りょーちゃんよりは上位やったと言うたらええやん」

聞き捨てならない言葉だった。

私も話に割って入った。

「うちを引き合いにださんといてぇや。そんなことより夏休みの冒険旅行の話を詰めような。最初は白梅町のトッポの家や。参加費はそれぞれ三百円。それだけあったら市電のキップと食事代もまかなえるやろし」

「ごめん、わたしは一緒に行かれへんかも。高校入試のために、塾の夏期講習をうけることになってしもた」

真知子が面目なさげに目をふせた。彼女は倉持先生の指導をきっちり守り、自分のことを『わたし』と言っている。

今度はルミが攻勢にでた。

「マッチャン、よう言うな。あれだけ約束したのに。そらあんたのとこは金箔屋(きんぱくや)さんやし、金がいっぱいあって大学までいけるやろけど」

「そんなことあらへん。りょーちゃんとこの実家の神社のほうが、ずっと実入りはええはずや。氏子さんが大勢いてはるし、玉ぐし料もたんと入る。本人の成績さえよかったら大学院にかて行かせてもらえる」

早くも仲間割れの気配だ。

話が飛び火して、私の頭上にまでふりかかった。勉強してまで進学する気などさらさらなかった。

これまで私たち三人を結びつけてきたのは、やはり西陣という土地柄やと思う。住人の大半は西陣織の生産に関わって暮らしている。金襴緞子の帯を仕立て上げるには、多くの職人さんの手が必要なのだ。機織り・染物・金箔だけでなく無数の手間がかかる。

西陣中学校に通う生徒たちは、祖父母の代よりも以前から綿密につながっていた。父が言うには、このあたり一帯の人々は渡来人の末裔で、機織りの技術を持つ秦一族の血縁者らしい。

現に私の祖母が独力で建立した石井神社も、秦氏ゆかりの神域として地元民にあがめられている。

根っから遊び好きな父は、生母の『千里眼の千鶴子さま』を敬遠している。石井神社の生き神様は何でもお見通しやし。いくつになっても素行の悪い次男坊は、いつも首をすくめていた。

織物の町として町衆の結束は固い。

当然、その連帯感は子供たちも受け継いでる。西陣の境界は時代によって変化していくけれど、他国者への当たりのきびしさは変わらへん。

もめている最中に、村山静子を仲間入りさせることは言いだせなかった。そのかわり耳年増の静子をまねて、私は手持ちの切り札をサッとさらした。

「うちはかめへん。マッチャンの好きにしたらええやん。そやけど惜しいなぁ、トッポだけやなく、タローやサリーの家もだいたい突きとめたのに」

「待って、りょーちゃん。それやったら話は別や。わたしはサリーの大ファンやし、彼の家へ行く時だけ参加させてぇや。塾を休むし」

思ったとおり、さっそく真知子が食いついてきた。

優位に立った私は軽く受け流した。

「物好きやな、演奏の時もぼーっと突っ立ってるサリーが好きやなんて」

「何言うてんのん。ザ・タイガースのリーダーはサリーなんやで」

「はいはい、残念でした。人気があるのはジュリーです」

がまんできず、横合いからルミが口をはさんだ。

「ドラムのピーも大人気やんか。それに最初のファニーズ時代のリーダーはピーやったやん。あれっ、なんの話をしてたんやろ。わけがわからんようになってしもた」

とりとめのないルミの物言いで、幼稚な口喧嘩はすぐにおさまった。

私たち三人は、いつものように自分が好きなメンバーの魅力を熱心に語りだす。こうなると気持ちが昂って抑えきれない。相手の話を聞かず、われ先に話して残る二人を突き放そうとする。

「お前らなにしてんねん、早よ帰宅しなさい」

生徒指導の吉田先生に、校門外で注意されるまで熱気は冷めなかった。

長身の私は首をすくめた。

「帰ろ、帰ろ」

手短に明朝八時に『市電北野駅』前で会うことだけを決め、私たちはそれぞれ三方向へ別れた。

自宅にもどる前に、私にはなすべき任務があった。

村山静子の通信簿を届けなければならない。昨晩、静子に上七軒の喫茶店『花の首飾り』へ連れて行かれ、「あての代わりに通信簿をもろてきて」と懇願されたのだ。すでにオムライスをごちそうされていたので断りきれなかった。

静子の言動にはかならず裏がある。

今日の受け渡し場所も同じ店やった。私から通信簿を受け取ったら、きっと置屋の女将さんには見せず、タンスの奥へしまいこむのだろう。学校の成績はビリだが、みなしごの彼女はクラスのだれよりも深い知恵を持っていた。

七本松通りを北へ抜け、花街のはずれにある喫茶店へといそぐ。

お昼前に『花の首飾り』に着き、しばらく扉の前で待った。芸者さんたちが待ち合わせに使う高級喫茶なので、私の手持ちのお金では中に入れない。

「お待っとうさん」

昨晩と同じように、ふいに横合いから声をかけられた。お稽古帰りらしく、静子の浴衣の襟元が汗でしみている。

彼女がいうように、上七軒歌舞練場が本当の学校なのだろう。静子にとっては芸を習得するほうが大切にちがいない。

私はその場で大きい茶色の封筒を手渡した。

「通信簿、倉持先生からあずかってきたよ」

「おおきに、りょーちゃん。ほんまにおおきに」

他国者の静子の京都弁は型にはまりすぎている。言葉をやんわりと二度重ねするし、昔の廓言葉まで混じっていてイントネーションが大仰すぎる。

私たちの仲間は、ごくしぜんな言葉で話してる。

それやのに、小説やテレビで使われる京都弁はみんなねっとりして古臭い。とっくに廃れた言葉を重宝して、うわべばかりをなぞっていた。西陣育ちの私は、これまで一度も柳腰の『はんなりした京女』に会ったこともないし、『はんなり笑った』こともない。加茂川の水で産湯を使ったという母の和子は典型的な京女だった。けれども腰まわりはがっちりしていて、使う言葉もいたって実用的だ。

もしかしたら私が思う京都弁とは、西陣の職人言葉かもしれなかった。

「気にせんとき。学校の帰り道に立ち寄っただけやし」

少し恩着せがましい口調になった。

お礼の言葉より、ちゃんとした見返りを期待していたのだ。昨晩はこの喫茶店でオムライスをごちそうしてもらった。今日はメニューをかえ、スパゲッティ・ナポリタンをおごってもらえたらと思っていた。

だが、それは虫のいい話だったらしい。

「りょーちゃん、歩きながら話そ。お世話になってる置屋で、おねぇさんたちと一緒にお昼ごはんを食べないと」

そっけなく言って、静子が速足で歩きだす。

食いしんぼの私はがっくりと両肩をおとした。よく考えてみれば、まだ舞妓見習いなのだ。高級喫茶で食事をおごるほどのお金の余裕はない。昨晩は親交を深めるため、彼女なりに精一杯の散財をしたのだろう。

気をとりなおし、私は歩調を合わせながら学校の連絡事項を伝えた。

「どうでもええことやけど聞いときや。夏休み中は夜遅くに外出したらいけません。女子はお化粧もあきません。それぞれが研究課題にとりくんで、ちゃんと自宅で勉強に励みなさいやて」

「あほらし、結局は勉強かいな。あては夜遅うまでお座敷に出るし、ちゃんとお化粧もせんならん」

「もう祇園祭はおわったけど、うちも町内の盆踊りにはぜったい行くし」

「担任の倉持先生、あての通信簿をりょ—ちゃんに渡すとき、なにか言うてはった？」

スパゲッティを食べそこねた私は、ちょっぴり意地悪な気持ちになった。

気兼ねせず、ありのままに言った。

「うん、村山さんと付き合わんほうがええて。二度と使い走りなんかせんときて」

「ほんで、りょーちゃんはなんて答えたん」

「倉持先生の目つきが怖いよってな、そうしますと答えた」

すると、唐突に静子がきつい横目を走らせて怒鳴った。

「弱虫ッ、りょーちゃんの弱虫！」

あまりの激しさに、キュッと心臓がちぢみあがった。

それは恐怖心というより、畏敬の念に近かった。自分のふがいなさに初めて気づいた。

素人娘の私とは覚悟の差がありすぎる。父母に先立たれ、祖母まで亡くした彼女はひたすら世間への反抗心に身をこがしているのだ。

本当の不良娘は静子だった。

ちゃんと両親がいて、住む家もあって、フラフラと西陣界隈を歩きまわっている小娘など、ただの極楽トンボだ。

うろたえた私は、急場しのぎの言葉を吐いた。

「昨日も言うたやろ、フリや。先生に従うフリ。しーちゃんとはずっと仲間やし、明日はトッポの家に一緒に行くつもり」

「そうやったん。ごめんな、あてはすぐに頭に血がのぼってしまう」

「朝八時に市電の北野駅前に集合や。ルミとマッチャンも来るし、きっと最高の冒険旅行になる」

「楽しそうやな。ほんなら、あては午前中だけ一緒に行動する。お昼過ぎからお座敷の予約が入ってるねん」

「それで決まり。停留所で待ってるよ」

さっと背をむけ、私は逃げるようにその場から立ち去った。

胸の動悸がおさまらない。流れ者の美少女に一喝され、のっぽの私はおろおろするばかりだった。

どんなに不合理でも、これまで両親や先生らとは折り合いをつけて生きてきた。だが置屋のあずかり子は、隙さえあれば大人たちに嚙みつこうとしている。倉持先生の忠告どおり、付き合わないほうが安全なのかもしれない。

でも、もうおそい。

私の中にめばえた静子への共感は、かぎりない美しさに裏打ちされている。しかも彼女のすばらしさを知っているのは私一人だけなのだ。

本当の友だちになろう。

いや、秘密を共有できる親友になろう。

そう決めた。一人でがんばっているしーちゃんに二度と弱虫とは呼ばせない。そして女だけの冒険の旅にでるのだ。

気負った私は真正面を見つめて歩きだす。

すぐに半そでのセーラー服が汗まみれになった。夏の京都はあぶら照りだ。盆地の底にたまった水蒸気がムンムンとたちこめて体にまとわりつく。

上七軒の表通りは、左右に二階家のお茶屋さんが立ちならんでいる。店ごとに家紋入りの三幅の暖簾が掛けてあった。

紅殻格子に犬矢来、二階の窓には一様に大きめのスダレが垂れていた。店前の白い歩道は打ち水で黒っぽく染まり、しっかりと涼気を呼び寄せた。少女たちの禁断の地は、どこよりも統制のとれた清潔な場所だった。

もう背を丸めて歩かない。

長身の私はぐっと胸を張り、白昼のまばゆい花街を大股で突っ切った。

一時間ほど寄り道したあと、東今小路の自宅に帰った。

「……ただいま」

声をかけたが、いつもどおり返事がない。

裏通りにある石井家は木造二階建てだがガレージはなかった。玄関先に中古のトヨタ・カローラが横付けされている。おまけにバタコと呼ばれる二輪車まで停まっているので、人が出入りするのが不自由だった。

父の芳治は町内の電気工事を一手に請け負っている。いざなぎ景気がつづき、月賦で電化製品も買えるようになった。

おかげで父の仕事も順調だった。とくに夏場は《三種の神器》の一つ、クーラーの設置をたのまれていそがしかった。

堅実な母は、家計が楽になっても機織りをやめなかった。長女が大学を卒業するまでは働き続けるつもりらしい。勉強嫌いの二女については、食事さえ用意しておけば済むと思っているようだ。

台所に足をむけると、そうめんを茹でていた母がふりかえった。

　母の和子は、父より三センチほど背が高い。見合い結婚で結ばれた二人は遠近法を利用し、外出時はいつも父が一メートル先を歩いていた。

「どないしたん、涼子。顔を真っ赤にして」

「なんもない。日焼けや。ほんでお姉ちゃんは？」

「昼ごはんを待つ時間がもったいないとかいうて、自分の部屋で勉強してる。あんたとはえらいちがいや」

「うちも部屋で本を読んどく。そうめんが茹であがったら声をかけてな」

　うまくすり抜けようとしたが、聡い母に呼びとめられた。

「一学期の通信簿、そこのちゃぶ台の上に置いとき」

「成績は変わらへんかった。でもお父ちゃんには見せんといて。秀才のおねぇちゃんと比較されるのはイヤやし」

「こまった子やな、久美子はクラスで一番やのに。あんたが一番なのは背丈だけや。だれに似たんやろか」

「だれにも似てへん」

「突拍子もない言動が千里眼の千鶴子さまにそっくりという人もおるけど。いまのところ神通力のかけらも見当たらへんし」

「ほっといて、うちはうちや」

きっぱりと言って階段を上っていく。

まだ心の昂りがおさまっていない。いつもなら聞き流すのに、母の言葉に反発してしまった。早くも静子の悪影響が心身をじっとりと浸しているようだ。

個室といっても、障子で仕切られた三畳間にすぎない。鍵もかけられなかった。でも野放図な私は平気やった。

姉は六畳の洋間をあたえられている。私には半分の空間しかないが、勉強をしなくてすむのならその方がいい。

手早くセーラー服を脱いで衣桁にかけ、母が手縫いしてくれた特大の青いワンピースに着替えた。

棚上に置かれたどんぶり茶碗に、グイッと右手をつっこむ。そして貯めこんだ十円玉を取りだし、左右のポケットにジャラジャラと流しこんだ。

ずっしりとした銅貨の重さが、今日も私を幸せにしてくれた。

「二人とも降りといで。昼ごはんやで」

階下で母の声がする。

数秒後、隣室から姉の甲高い返事がきこえた。

「先に食べといて。ちゃんと計算を解いてから降りるよって」

めずらしく苛立っているようだ。文系の姉は、私と同じで数学が苦手だった。でも親が月賦で買ってくれた『世界文学全集』はすべて読破したらしい。高校入試においては、数学の穴埋めは国語でするとか言っていた。

　姉のきびしい受験生活は、妹とはなんの関わりもない。

　私の進学先は、京都で一、二を競う知能指数の低い女子商業高校と決まっていた。当然、倍率も低いので志願すれば全員が合格できる。おかげで受験については何の悩みも抱いていなかった。

　ちゃぶ台の前にすわった私は、ごくりと生つばをのみこんだ。

　高級喫茶のナポリタンを食べそこねたが、自宅のそうめんも好物だった。嫌いな食べ物なんか一つもない。口に入るあらゆる食品がぜんぶおいしく感じる。

　食欲だけいっぱいあって、さしたる悩みごとがない。これでは暗いまなざしの不良娘になれそうもなかった。

　小ネギ入りのメン汁（つゆ）に、どっぷりとそうめんをつけて一気にすすりあげる。のどごしが冷たくて心地ええ。

　薬味の生姜（しょうが）がきいていて、箸（はし）がとまらなかった。

「麺類（めんるい）はいつ食べてもおいしいな。おかぁちゃん、明日は冷やムギにしてや」

「食べっぷりは涼子が一番やなぁ。ほんにおいしそうに食べてはる」

「うち、昼から出かけるよってな。晩ごはんまでにはもどってくるし」

「遊んで食べて、食べて遊んで。あんたは気楽でよろしいな」

働き者の母は、私の行き先を聞こうともしなかった。

親の認印（みとめいん）がおされた通信簿も返してくれた。どうせ父に見せても、二女の成績なんてざっと読み流すだけなのだ。

ジャラ銭を鳴らして裏通りにでた。

冒険旅行を明日にひかえ、白梅町をまわって下見をするつもりだった。トッポの家があることは確かやけど番地まではわかってへん。先導役の私は、前もって彼の実家の目星をつけておこうと思った。

だがもくろみは、すぐに横道にそれた。今出川（いまでがわ）通（どお）りの三差路に自転車の太い車輪が見えたのだ。うしろには紙芝居台が設置されている。

重い自転車を押しながら、大柄の中年男が通りを横切った。

「……アチャコや」

声にだして言い、私はふらふらと紙芝居屋のおっちゃんの後を追った。

ほんの二年前まで、近くの児童公園でアチャコの紙芝居に熱中していた。女子中学生になると、さすがに恥ずかしくなって公園から遠ざかった。それでも紙芝居屋さんへの憧（あこが）れは薄れることはなかった。

まぎれもなくアチャコは子供たちのヒーローだった。

東映の役者くずれなので顔も声もええ。話術も達者や。しかし残念ながら髪が薄くて前頭部が禿げあがってた。おっちゃんの笑い顔が花菱アチャコに似ていると言いだす悪童がいて、いつしかそれが愛称になった。

紙芝居の語り口も絶妙だ。私が一番好きな物語は、『ヒマラヤの魔王』という国籍不明の大活劇だった。サービス精神たっぷりのアチャコは、客寄せを兼ねてテーマソングを大声で歌ってくれた。

王の印の勾玉は　あの地の果てか海の果て
時はうつれど謎のまま　たずねあぐねて異国の空で
カラン　トータリ　トータリアン
カラン　トータリ　トータリアン
ヒマラヤの魔王

すばらしい美声やった。児童公園に集まった子供たちも、リフレインのところだけアチャコに合わせて歌った。もちろん私も声高らかに歌った。
「カラン、トータリ、トータリアン。カラン、トータリ、トータリアン……」
少年少女たちは熱い一体感に満たされた。そのあと、おもむろにアチャコの紙芝居は始まるのだった。

大人気の活劇物はダラダラと二年も続いた。不思議なことに、主人公の少年が探し求める『ヒマラヤの魔王』は最後まで姿をあらわさなかった。そしてテーマソングどおり、すべてが謎のままに終わった。

追想に酔っていると、前方のアチャコが大型自転車にまたがって走りだした。うしろの紙芝居台を押さえながら、得意の片手ハンドルで西今小路（にしいまこうじ）方面へと進んで行く。

このままでは置いていかれてしまう。

私は追いかけながら声をかけた。

「待って、アチャコ。待ってぇや」

前方でブレーキ音がした。ふりかえったおっちゃんは不機嫌そうだった。子供のころから慣れ親しんだ笑顔はそこにはなかった。十年近くも通いつめた常連客の顔をすっかり忘却していた。

「嬢（じょう）ちゃん、いつまでついてくんねん。汗まみれやないか。それに気安うアチャコなんて呼ばんといてくれ」

どうやら本人は、アチャコという愛称をこころよく思っていなかったようだ。

すっかり鼻白（はなじろ）んだ私は、半泣きになって言いつのった。

「もう、うちのこと忘れてしもたんか。おっちゃん、ひどいやんか」

「……あっ、涼子ちゃんやったんか。ごめんな。そんなに大きゅうなったら、だれやらわかれへんで。ぼくよりも背が高いがな。それにえろう別嬪さんになってるし」

さすがにアチャコは口達者だった。別嬪という特等のほめ言葉を惜しげもなく使ってくれた。すぐに機嫌をなおした私は、昔のおてんば娘にもどった。

「お世辞いうてもあかんで」

「スタイル抜群やし、東京へ行ってモデルになりなさい」

「そんなん無理に決まってる」

「ほらきた、涼子ちゃん本気にしよったな」

いつもの鼻歌まじりのアチャコにもどっていた。

学校の先生たちとちがって、町にとけこんだ紙芝居屋さんは子供らの美点をきっちりと探し当ててくれる。数年前まで私のことを『ちっちゃくて可愛い子』と言ってくれていた。それが今回は『長身モデル』にまで昇格してしまった。

すっかり調子づいた私は、予定を変更してアチャコの家へついていこうと考えた。おっちゃんの私生活を見てみたかった。それに京都中を走り回っている紙芝居屋さんは、だれよりも情報通なのだ。

案外、ジュリーの実家を知っているかもしれない。

「なぁ、家までついていってええやろ。メガネのよっちゃんの顔も見てみたいし」

笑顔でねだると、アチャコがあっさりと受け入れた。

「どもならんな。ま、涼子ちゃんは子供のころから特別あつかいやし、一緒にぼくの家にきたらええ。それにうちの好恵(よしえ)も喜ぶやろし」

「おっちゃん、おおきに」

私はぺこりと頭をさげた。

徒歩の私に合わせ、アチャコは自転車を降りて押し歩きにもどった。炎天下、二人は軒陰をつたって舗装されていない黒土の小道を進む。

「暑いけど、すぐ着くよ。よかったら昼ごはん一緒に食べよか」

「もう食べたけど、いただきます」

「うわぁ、涼子ちゃんが大食(おおぐ)らいなのを忘れてた。駄菓子を次から次に買うてくれてたし、紙芝居屋にとっては最高の常連さんやったな」

「うち満腹なったことないねん。自分でもあきれてしまう」

「はっはは、大きな図体(ドンガラ)して食い気いっぽうかいな」

いったんとりもどした笑顔を、アチャコはくずさなかった。

今日からは気安くアチャコと呼ぶまいと思った。だが本名を知らないし、おっちゃんという人種は私の周辺に大勢いる。しばらくはアチャコで通すしかなかった。

アチャコの一人娘は、よく児童公園へ遊びにきていた。大きな丸眼鏡をかけているので、みんなから『メガネのよっちゃん』と呼ばれていた。私のほうが一歳上だったが、フラフープを回す微妙な腰の動きは彼女から習った。

子供の世界で君臨しているアチャコは、実社会では借家暮らしのハグレ者らしい。その圧倒的な魅力を、私がどれほど熱心に父親に伝えても、評判はあまりかんばしくなかった。

『流しの紙芝居屋のどこがえらいねん。一つ五円の駄菓子を子供らに売ったかて日銭はしれてるがな。わしなんかクーラーを一台設置するだけで数千円の手間賃がもらえる。わが家にはこうして三種の神器もちゃんとそろてるしな』と、逆に見当ちがいの自慢話を聞かされるだけだった。

だが、どんなに貧しい暮らしをしていてもアチャコの笑顔は最高だと思う。それに知識量は無限なのだ。

私はいまもそう信じていた。

どうしても直接聞いておきたいことがあった。

「紙芝居のことについて、一つだけ教えてほしいねんけど……」

「言うてみ、たいがいのことなら知ってるし」

たしかな返事をうけ、私は長年抱き続けてきた疑問をぶつけてみた。

「ヒマラヤの魔王という紙芝居があったやろ。ずーっと物語を観てきたけど、最終回になってもヒマラヤの魔王は姿を見せへんかった」

「たしかにそうやな」

「いったい何者なん？　うちらが探し求めてたヒマラヤの魔王て」

するとアチャコがしたり顔で言った。

「あいかわらずおもろい子や。ほんなら教えたげよ。その姿はな、毎回ちゃんと紙芝居の絵の中に描かれてたんやで」

「えっ、ヒマラヤの魔王は一回も出てけぇへんかったよ」

「涼子ちゃん、よう思い出してみ。絵の背景を」

「いっつもバックに描かれてたんは……たしかヒマラヤ山脈やった」

口にだした瞬間、全身に鳥肌（さぶいぼ）が立った。

凄すぎると思った。

アチャコの導きによって大きな謎が解けた。ヒマラヤの魔王は、やはり並の人間ではなかったんや。世界の屋根と呼ばれている『ヒマラヤ山脈』こそ、人類に希望と災害をもたらす巨大な魔王にちがいなかった。

アチャコの語り口がいっそう冴（さ）えわたる。

「そう。ヒマラヤ山脈はガンジス川やいくつもの大河となって流れ下り、人々の暮らしを支える水源となり、時には大洪水をひきおこして大勢の命を奪う。あまりにも存在が大きいと、ちっぽけな人間たちは大自然の姿を見失ってしまうねん。そやからヒマラヤの魔王はだれの目にも映らへん。でも、涼子ちゃんはついにその正体を見つけたんや」

「なんやしらん、泣けてくるワ」

私はすなおに感動していた。

世の大人たちがどれほど侮(あなど)ろうと、流しの紙芝居屋さんは永遠のヒーローなのだ。アチャコが子供たちに与える夢の大きさは計り知れない。

「どや、紙芝居て奥が深いやろ。もちろん年齢制限はないのやよって、たまには児童公園に観においで」

「行く。かならず行くよって」

女子中学生だからといって、べつに恥ずかしがることなんかなかったのだ。

タダ見厳禁のルールを守って駄菓子もたくさん買おう。それから背の高い私は、幼児や小学生たちにまじって一番うしろで見物すればいい。

古い京都の町家は路地だらけだ。七曲がりの細道は先が見通せない。それでも通いなれた帰路らしく、アチャコは器用に大型自転車をあやつって前進していく。

初めての道順なので、私は興奮を隠しきれなかった。なんだか足が地につかず、危険な綱渡りをしているような心地やった。

人との接触が多いアチャコは地獄耳だ。流しの紙芝居屋なので、京都市中に限定すれば知らないことは一つもないと思う。

私は訊かずにはおれなかった。

「ついでにもう一個だけ。ザ・タイガースのジュリーの家を知ってへんか」

「ジュリーならよう知ってるで。好恵も大ファンやしな」

小躍りしたい気分だった。にらんだとおり、やはりアチャコの情報網は京都出身の有名人にまでおよんでいた。

「それで、京都のどこに住んでるのン」

「いや、たぶん現住所は東京やろ」

「そんなんだれかて知ってる」

「ジュリーは大人気やけど、京都の自宅までは知らんで」

だれにでも限界はあるらしい。

あざやかに『ヒマラヤの魔王』の秘密を講義したアチャコも、ジュリーの実家までは見通せないようだ。

東今小路の境界をこえ、私は自分のテリトリーから抜けでた。

両側を高い黒板塀にはさまれた暗い小道を進むと、前方に見慣れないアーチ型の門が建っていた。

門をくぐったアチャコは、そのまま陽の差さない路地奥の古い洋館へと向かった。わが石井家の五倍もでかい。

数歩うしろにいる私は、思わず昂った声をだした。

「えーっ、ここがおっちゃんの家なん」

「そんなわけがあるかいな。東映の大部屋俳優らが借りてる集合住宅や。もとは五番町で働く女の人たちが個別に暮らしてはった所やで」

「あかんやん」

私には驚くことばかりだった。

これだから町歩きはやめられない。いつの間にか暗い路地づたいに、あの伝説の五番町に足を踏み入れていたのだ。

やはりアチャコの力は底知れない。やさしい笑顔で妖しい別世界へと連れて行ってくれる。幼い冒険心にとり憑かれた私にとって、たとえそこが汚れた吹きだまりでもかまわなかった。

集合住宅の前には共同井戸があり、その周辺だけ陽光がさしている。まわりには色とりどりの洗濯物が競うように干されていた。

アチャコの自宅は集合住宅一階の左角にあった。

中に入ると、湿気た土間に紙芝居の厚紙が壁一面にぎっしりと積まれていた。

石井家にはテレビがあって、動きの速い漫画アニメが夕方から放映されている。静止画の紙芝居は、すでに過去の遺物なのかもしれへん。

それでも、私にとっては宝の山だ。

アチャコの名調子の語りによって、静止画の中の人物たちは生き生きと動きだす。心理描写も子供たちがわかるように三回はくりかえす。

「これって財産やな。分けてほしいワ」

「見事に大きな秘密を解いたことやし。よっしゃ。ぼくが死んだら、ヒマラヤの魔王の全巻は涼子ちゃんにゆずったげる」

気前よく言ってから、アチャコが廊下の奥に声をかけた。

「好恵、顔を見せなさい。涼子ちゃんが来はったで」

「なんやて、どこのりょうこちゃんやの」

「ほら、やぶにらみの涼子ちゃんや」

聞き慣れぬ自分の呼び名に、私はつよい衝撃をうけた。まさかそんな通称で憶(おぼ)えられていたとは考えてもいなかった。

思わずそばの窓ガラスに目をむける。そこには左右の瞳がふぞろいの悩ましげな少女が映っていた。

三章　シーサイド・バウンド

だれも来ない。

路面電車の停留所で私は早くも途方に暮れていた。刻限の八時はとっくに過ぎている。夏休みの一日目は波乱の幕開けとなってしまった。

真知子はともかく、ルミはかならず冒険の旅に参加すると思ってた。彼女は活発で遊び好きだ。中学卒業後は名古屋の機械部品工場で働くことが内定している。昔からよその大都会で働きたいと言っていた。

でも、本当の理由はちがうと思う。

染物屋さんの両親の手は、すっかり青黒く染まっている。それは職人としての勲章やった。どんなに石鹸で洗っても素肌の白さはとりもどせへん。跡取り娘のルミは、自分の両手が汚れることを何よりも恐れてた。実家の稼業を継がないためには、他郷へのがれるしかないのだ。

「来はれへんなぁ、どないしたんやろ」

私はひとりで愚痴る。

待ち時間が長くなると、どうしても気分が落ちこむ。そしてイヤな記憶がよみがえってくる。アチャコとの愉快な出会いも、あの一言で台無しになってしもた。

紙芝居屋のおっちゃんが何気なく発した『やぶにらみ』という呼び名は、やはりひどいと思う。意味はよくわからなかったが、本能的に愛称ではなく蔑称だと感じとった。自宅にもどったあと、私はすぐに国語辞典をひいてみた。

物を見るときの瞳が斜めになっていること。または見当ちがいのモノの見方。そう記されていた。残念だが、どちらも当たってた。どうやら私は、目が斜めで見当ちがいばかりしている人間らしい。

背後にふっと人の気配を感じた。

ふりむくと、そこにはやはり静子の笑顔があった。音も立てずに近づくのは流れ者の美少女しかいない。街着を持っていないのか今日も浴衣姿だった。

「りょーちゃん、約束どおり来たえ。だいぶ遅れてしもたけど」

たしかに約束を守ったのは彼女だけだった。

訳はどうあれ、ほかの二人にはすっぽかされたらしい。連絡方法がないので、相手が指定場所に来ないとそれっきりになってしまう。もしかしたら、これまでの親しい関係が破綻してしまうかもしれなかった。

男たちが訳知り顔で言うように、やはり女の友情を保ちつづけるのはむずかしい。

しかし、私には新たな女友だちができた。

「大丈夫か、しーちゃん。お稽古へ行かんでも」

「かめへんよ、子供のころから叱られ慣れてるし」

「そやけど心配やわ。置屋の女将さんにハタかれても、反抗したらあかんえ」

それにはこたえず、勘働きのするどい静子があたりを見まわした。

「もしかして、集まったんはあてらだけかいな」

仲良しの級友らに約束をやぶられたとは言いにくかった。

「ルミとマッチャンは法事やねんて。そやさかい、うちら二人で出発や」

欠席の口実は、法事がいちばん無難だと母から教わっていた。でも二人そろっての法事は真実味がない。

「悪いけど、あの二人は信用でけへん。あてと一緒になるのんが嫌で、今日来ぇへんかったのとちがうのん」

考えてみたら、祖母を亡くした静子もまだ喪中なのだ。信用を失いかけているのは私だった。あやまるなら早いほうがいい。

「ごめん。ほんまのこと言うと、ルミとマッチャンは脱落したんやと思う。見事にすっぽかされた」

「よけいにおもしろなってきた。あてら二人きりなんやな」

「ちがう。もうひとり連れができた」

「その子、だれなん？」

「紙芝居屋さんの娘や。五番町の集合住宅に住んでるよって、タローの実家も知ってるねんて。そやから案内がてら一緒に行くことになった」

うまく説明できなかった。黒目がちな静子の瞳が宙をさまよった。

「ようわからへん。メンバーは入れ替わるし、トッポの家へ行くとか言うてたのにタローの家になるし」

「うちかて……」

こんな風になるとは思っていなかった。

当初の計画は単純明快だった。夏休みを利用して、仲良し三人組でザ・タイガースのメンバー宅をめぐる。

それだけの話や。

しかし物事は予定どおりには運ばない。偶然に出会った人との関連で、未来はまったくちがう方向へと進んでいく。もし運命というものがあるのなら、天神さんの縁日で静子に会った瞬間から、平穏だった私の日常は大きく崩れだしている。

困惑している私をみて、下駄ばきの静子がやさしく微笑んだ。

「な、元気だして。今日はりょーちゃんについていくと決めてんの。あてはどこへでもお供しますよ」

「ありがと。ほんなら歩いて行こか、メガネのよっちゃんが待ってるやろし」

「えっ、市電には乗れへんの」

「五番町へは歩いて行ったほうが早いしな」

「かっはは、また予定変更かいな」

例によって、静子が年増女のようなかすれ声で笑った。

好恵との待ち合わせ場所は六番町の角地だ。そこには有名なすっぽん料理店が建っているので見落とすことはない。それに目的地の五番町の隣なので好都合だった。

早朝の涼気が去って、千本通りの広い路面はじわじわと熱を帯びはじめている。

私たち二人は、福勝寺（ふくしょうじ）の裏道を抜けて下長者町（しもちょうじゃまち）へと急いだ。

置屋のあずかり子には休日がない。舞妓は日曜や祭日にも催し物にかりだされる。本人の言によれば、盆暮れしか休みがとれなかった。

今日は女将さんにしかられるのを覚悟の上でお稽古をさぼり、私との約束を果たしたようだ。だからなんとしても一緒にタローの家までたどり着き、冒険旅行の第一歩を踏み出したかった。

どこにも保証はないが、私はつとめて明るい声をだした。

「きっと今日は幸せな気持ちになれるよ」

「なんで人はみんな幸せになりたがるんやろ。あてにはわからへん。ずっと不幸のままで平気やし」

私は黙ってうなずくしかなかった。

流れ者の美少女が時折みせる捨てばちな態度は痛々しい。どう対応すればいいのかわからなかった。

表通りを行かなくても、西陣の古い町家は路地でつながっている。『この道抜けられません』と立て看板に記されてあっても、思い切って暗い小道を直進すれば、かならず出口が見つかる。

浴衣の静子が両手で裾をめくって速足になった。下駄の音が小ぜわしく歩道にひびく。白い内股が見え隠れして、すれちがう男たちがふりかえった。

私もなりふりかまわず大股で歩きだす。

「しーちゃん、みんな見てはるで」

「かめへん、お昼の一時までには帰らんと。お座敷の下準備があるし、おねぇさんがたにも迷惑かけるしな」

「そっちのほうが大事やな」

「あてにとっては、りょーちゃんと一緒に遊ぶほうが大切や」

「おおきに。それにしてかて足が速いな」

「小浜におったころ、中学校ではソフトボール部に入ってたんえ。俊足で強肩の名ショートやった。ノーバウンドで一塁まで送球できたし」

着やせして見えるが、たしかに太腿の肉づきはすばらしかった。見かけ倒しの私とちがって動きも機敏だ。きっと本来は爽快なスポーツ少女なのだろう。

だが、いまは花街という舞台の上で見た目の女っぽさだけを強調している。私がつよく惹かれるのは、そうしたアンバランスな性向なのかもしれなかった。

「すごいやんか。うちはウドの大木や。まともにキャッチボールもでけへんし」

「りょーちゃんは小顔で背も高いし、こっちのほうがうらやましいワ」

「なんや、これ。あーおかし、二人でお世辞大会か」

愉快でたまらなかった。女同士がこうして互いの長所を認め合い、ちゃんと言葉にする機会はめったにない。妙に昂って気持ちがわくわくしてくる。

速度をゆるめず静子が問いかけてきた。

「で、落ち合い場所は」

「すぐ近く。あの角をまがったところ」

言う間もなく、下長者町の商家通りに入った。

手早く裾をなおした静子が、間口の広い大屋根の日本料理店を見上げた。

「ここってすっぽん料理の『大市』やないの。一度だけ財界のお偉いさんに連れてきてもろたことがある」

「大御馳走やな。こんな近くやのに、うちなんかいっぺんも食べにきたことない。値段が高すぎるし」

「たしかに高いけどおいしかったワ。それにすっぽんより煮炊きに使う専用の信楽焼の土鍋のほうがずっと値段が張るねんて。そやから、高い金だして土鍋をかじってるようなもんやとお客さんが言うてはった」

静子はいつも宴席で大人にまじっている。そのせいか彼女の話は意外性があっておもしろい。言いかえれば独特のいやらしさがある。

そこが私は好きだった。

軒先の日陰でしばらくよっちゃんを待った。

ほどなく紙芝居屋さんの娘が手をふりながら小走りにやってきた。彼女もまた九時という刻限を平気でやぶった。

それなのに悪びれた様子はみじんもなかった。

彼女たちはなぜ約束の時間を守らないのだろう。だが指定場所にやって来ただけでも、ルミやマッチャンより義理がたいともいえる。

そばの静子が小声で訊いてきた。

「あれがメガネのよっちゃんか」

「うん。そうやけど」

「大きな丸メガネなんかかけて、おもしろそうな娘やな」

「一緒にいて楽しいよ。中一やけど、このあたりのことなら何でも知ってるし」

その言葉は大げさではなかった。

アチャコの血をひく好恵はとても社交的だ。生まれつき愛嬌があって、人を楽しませる話術を体得している。

静子を見たとたん、丸メガネの中の両目を大きく見ひらいた。

「わーっ、びっくりしたワ、こんなきれいな人を連れてきて。いったいどないなってんのん、涼子ちゃん」

遅刻をわびるかわりに、私の連れの静子をほめあげた。

一言で場の雰囲気を高められる女の子など私の周囲にはいない。それが自然にできるよっちゃんはえらい。

静子も一目で好恵を気に入ったようだ。身寄りのない置屋のあずかり子は、紙芝居屋さんの娘に親近感を抱いたらしい。

人見知りの激しい静子が、自分から右手をさしのばした。

「初対面やし、男の子みたいに握手しょ。あてはりょーちゃんの同級生で村山静子。みんなからはしーちゃんと呼ばれてる」

「好恵です。よっちゃんと呼んでちょうだい」

私をさしおいて、二人は男子の運動選手みたいにがっちりと握手した。相性を心配していたが、これなら仲良く同行できそうだ。

「しーちゃんは午前中しか時間がとれへんねんて。そやからタローの家に直行や。よっちゃん、先頭に立ってどんどん行って」

「よっしゃ、まかせといて。たぶんタロー本人は自宅に居いひんやろけど、お姉さんとは付き合いがあるし。さ、わたしについといで」

先導役の好恵から心強い返事がもどってきた。

一緒に歩きだした静子も笑顔を絶やさない。愉快な仲間が増えて、女だけの冒険旅行を心の底から楽しんでいるようだ。

「こんなん初めてや。京都にやってきて、ほんまによかった」

「京都やのうて、ここは西陣。昔は西軍の陣地やったから色んなものが隠されてんねん。探検したらとんでもない発見があるし、これからもっとおもしろなるよ」

「タローの家ってどんなんやろ。見つかるやろか」

「行こ、行こ。うちら三人でザ・タイガース全員の実家に急襲したろ」

流れが好転し、一気に盛り上がった。

メガネのよっちゃんが新風を吹きこんでくれた。彼女が通う千本中学は自由な校風で知られている。それに実母も東映のエキストラをやっているので、教育方針が一般家庭とはまるでちがっていた。

なんとメガネのよっちゃんは映画女優をめざしていた。

容姿端麗とまではいかないが、大きな丸メガネをはずせばけっこう可愛い。父親ゆずりの愛嬌たっぷりの丸顔はだれにでも好かれると思う。「主役は無理やけど、演技の上手な脇役で長年やるつもり」と昨日も抱負を語っていた。

歌という飛び道具まで用意しているらしい。

都はるみと同じ歌謡学校に通って演歌を習っていた。プロ歌手になってヒット曲がでれば、その歌詞にそったストーリーが映画化されて本人も出演できるかもとか言っていた。

興奮ぎみの私は、前を行く好恵に声をかけた。

「よっちゃん、景気づけになにか歌ってぇな」

「こんなにぎょうさん人が歩いてる町中でか」

「かめへんやん。映画のロケのつもりでやってみて」

「ええよ。いくで」

昨日アチャコ宅で聞かされた『都はるみメドレー』だろうと思っていた。

だが予想に反し、好恵がリズミカルな前奏を口ずさむ。歩道で軽くスキップを踏みながらエレキギターをひくマネまでしはじめた。

そばの静子が目を輝かせた。

「これってシーサイド・バウンドやんか」

「そう、涼子ちゃんが大好きなジュリーの物まねや」

お調子者の好恵のパフォーマンスがとまらない。路上をジクザグに進んでゴムマリのように弾(はず)みだす。

歌っているうちに、だんだん声が大きくなっていった。

好恵は人目もまったく気にしてない。歌謡学校で習っている演歌より、自己流のジュリーの物まねのほうが上手だった。

曲の最後まで歌いきり、好恵がひたいの汗を手の甲でぬぐった。

「丸メガネのよっちゃん、これ使い」

四つ折りの手ぬぐいを静子が笑いながら手渡した。出会って十分も経(た)っていないのに、早くも愛称で呼んでいる。

好恵も笑って言い返した。

「丸メガネはよけいやで、しーちゃん」

「ごめんな、よっちゃん」

「うん。それでええ」

　私のそばで二人がはしゃいでいた。見ているこちらまで楽しくなる。

　静子は陰で、好恵は陽なのか。両極の両者は気性が合うらしい。少し憎らしくなった私は、よっちゃんをせかした。

「早よ行き。陽差しがきつなってきたよ」

「大丈夫。そこの道をまっすぐ行って、地蔵さんの角をまがったとこやし」

「えっ、もう着いたん」

　拍子抜けしてしまった。

　こんなに簡単にタローの家へ行けるとは考えてもみなかった。私の自宅から歩いて三十分以内の場所に有名アイドルの実家はあったのだ。近くの白梅町にはトッポの家もある。ピーもタローと同じ小学校に通っていたというから、きっと住所はこの界隈だろう。

　ザ・タイガースのメンバーが三人も！

　私は何もしらず黄金郷で暮らしていたらしい。ただ本命のジュリーについては情報が少なすぎる。いまのところ住所はつかめていなかった。

　ジュリーは五名のメンバーの中でも孤独だと思う。他の四人はそれぞれ小中学校の同窓生としてのつながりがある。けれどもジュリー一人だけが部外者なのだ。それはザ・タイガースのファンならだれでも知っている事柄だった。

けだるいまなざしのジュリーは、いつだって一人ぽっちだ。

できることなら直に会ってなぐさめてあげたい。いや、実家へ行ってジュリーと同じ空気を吸うだけでもいい。私の安直な妄想は広がるばかりだった。

「涼子ちゃん、なにぼうーっとしてんのん。日射病か」

好恵に注意され、私は頭をふった。

「タローの家が近うなってきて変な気分やねん。いちばん最初はジュリーの家へ行くと決めてたよって」

「いちばんおいしい物は最後に食べる。わたしはそうしてる。そやからジュリーは最後に取っとき」

可愛い顔して、年下の女子中学生が小生意気なことを言った。

今日は案内役の好恵が主役だ。笑って一緒についていくしかない。これからの冒険旅行において、目はしのきく彼女は貴重な戦力になるだろう。

私はもういちど確かめてみた。

「よっちゃん、ほんまにジュリーの住所を知らへんのか。ほかのことやったら何でも知ってるのに」

「この近くにいないことだけはたしかや。創立メンバーはロック系やし、ジュリーはちがうバンドのボーカルやったしな。河原町のダンスホールなどに出演してはった。接点はなんもなかったんや。そやけどビートルズが来日して、リバプールサウンドにふれたメンバーは、専属のボーカルが必要やと感じて……」

「そこから先はうちも知ってるで。タローが声をかけて、スター性のあるジュリーを仲間に迎え入れたんやろ」

「そう。でもザ・タイガースとしてデビューしたら、やっぱりジュリーだけに人気があつまってしもた」

「それでリードギターのトッポが怒ってんねんやな。ほかのメンバーもそっぽをむいてるし、ジュリーがかわいそうや」

私の情報は、どれもこれも噂話にすぎない。ジュリーはいつだって孤独なヒーローだと一人決めしていた。

タローびいきの好恵は耳をかさず、五番町の北側の通路へと足をむけた。

汚れきった小道だった。あちこちに黒ずんだゴミがたまっている。通いなれているらしく、運動靴の好恵は軽快に進んでいく。

小路の出口には、たしかに赤い前掛の地蔵尊が建っていた。暗い抜け道から表通りにでると、目の前の商家通りに瓦葺(かわらぶ)きの木造家屋が見えた。

好恵がフフンと鼻を鳴らし、得意げに言った。

「ここがタローの実家や。わたしが取りついだら中にも入れてもらえるよ」

「すごいな、よっちゃん」

「ほんま、すごすぎる」

私はそばの静子と顔を見合わせた。

幸運としか言いようがない。半信半疑で好恵のあとをついてきたら、本物の御殿にぶち当たったのだ。

昨日アチャコを見かけ、懐かしさにつられて後を追った。あの時の判断は正しかった。行きあたりばったりな自分をほめたいと思う。おかげで、こうしてタローの家までたどり着けた。

この調子なら、かならずジュリーの住所もつきとめられる。

私は自分の直感を信じることにした。

五番町は色ガラスをあしらった建物が多い。タローの家は一軒だけ素通しガラスになっていて、玄関の上部に【日本舞踊教授所】の看板が掛かっていた。

玄関先で好恵が快活に呼びかけた。

「こんにちは。お師匠(つしょ)はん」

私は首をひねった。相手を師匠と呼ぶからには、好恵は弟子筋なのだろうか。

ガラスの奥にうっすらと人影が透けてみえた。

「どなたはん?」

「好恵です。ちょっとだけ顔をみせてくれはりますか」

「またあんたかいな。こまった子やな、いろんなお友だちを連れてきて」

すると、好恵が声をひそめて言った。

「あの人がタローのお姉さんやねんで。舞の名手で日本舞踊を教えてはる。わたしも小学生のころ習うてたし」

暖簾をサッとさばき、痩身の女性があらわれた。単衣の着物姿はすっきりしていて涼やかだった。

とがめるように好恵を見つめ、結った黒髪を左手でなでつけた。仕草がなめらかで踊りの所作のようにも映る。

お姉さんが吐息まじりに物憂い口調で言った。

「ほんまにかなんわぁ、何回来たかて弟は居いひんにゃさかい。タローはずっと東京やし、めったにもどって来ぇへん」

「わかってますけど、この二人がどうしても来たいというから」

機転のきく好恵が、私と静子の背を押した。

気おくれした私はぺこりと頭をさげた。一方、そばの静子は臆することなくしっかりと挨拶した。

「すみません、おねぇさん。ご迷惑かけてしもて」

「あんた、見た顔やな」

「はい。上七軒の置屋でお世話になってる静子どす。おねぇさんとは踊りの稽古場で何回か会うたことがあります」

「思い出した。小浜から来た娘さんやね。踊りの筋もええし、ちょっと見ん間にえろうきれいにならはって。ま、冷たい麦茶でも飲んでいきなさい」

「ほな、遠慮のう」

置屋のあずかり子は物おじしなかった。

もっと驚いたのは、静子が言葉の語尾に『どす』をつけたことだ。私のまわりでそんな話し方をする女性はひとりもいない。だが京都が舞台の映画やテレビでは、登場する女性たちはすべて『どす』を乱発していた。

そうでないと、きっと観客たちは納得しないのだろう。賢明な静子は、どうやら学校と花街で言葉をきっちりと使い分けているらしい。

三人はそのまま室内に招き入れられた。

クーラーのきいた客間で虎屋の羊羹までごちそうになった。私はあっけにとられるばかりだった。

人の縁はどこまでもつながっている。

きっとこの町は小さな曲輪なんや。西陣という囲いの中で人々はその中をぐるぐると廻っているにちがいない。

　縁日で静子と出会って大きく流れが変わった。翌日にアチャコを見つけ、その後を追って娘の好恵と再会した。好恵にタローの実家まで連れていかれ、応対に出てきたお姉さんは静子とは顔見知りやった。

　偶然ではすまされない。すべてが連動している。もしかすると、流れ者の美少女には霊力がそなわっているのかもしれない。

　あるいは、私自身になんらかの力があるのかとも思う。

　石井家の祖母は、【千里眼の千鶴子】と呼ばれる女宮司だ。未来を見通す神通力があり、これまで何度もご託宣して見事に的中させたという。たいそう長生きをして、九十六歳になったいまも洛北の石井神社で布教している。

　近縁者にはとてもきびしいが、毎年五月五日の子供神輿に参加する孫娘の私に対してだけはやさしかった。

　理由はよくわからなかった。

　孫は私のほかにも大勢いるのだ。だが姉の久美子によると、『おばぁちゃんとあんたは同類なんや』とのことだった。たしかに透き通った薄茶色の瞳が同じやし、脈絡のないけだるい言葉づかいが似ていた。

　それに最近では、生理の期間中にふっと目の前にいる人の行く末が脳裏に浮かぶことがある。

　この件はだれにも伝えていなかった。自分の未来はなにもわからへんのに、周辺の者たちのことだけチラチラ垣間見えるのは気色悪かった。

　客間では和装の二人が切れ目なしにしゃべっている。タローのお姉さんはすっかり静子が気に入ったらしい。美人同士なので一つ一つの振る舞いがいっそうきれいに映る。私と好恵には目もくれず、共通の知人について語り合っていた。

　舞いの名手だけあって、タローのお姉さんの物腰はひたすら優美だった。初めて本物の京女を見た気がした。小浜から流れてきた勝気な少女も、持ち前の勘働きを発揮して年の差を感じさせなかった。

　静子が客間の柱時計を見やった。

　それから畳に両手の指先をきっちりとつけて低頭した。

「お姉さん、おおきに。あてらはこのへんで帰らせてもらいます」

「遠慮せんと、またおいで。それと次回のお稽古はいつやったかいな」

「明後日どす」

　また静子が、私の嫌いな『どす』を使った。

　気のいいお姉さんは玄関先まで見送ってくれた。私たち三人はそれぞれの思いを胸に秘めて歩きだす。

先ほどのお地蔵さんの前までくると、主役の座をうばわれた好恵が不満をぶつけた。

「しーちゃん、あんたばっかりしゃべってたらあかんよ。タローの話をいっこも聞けへんかったやんか」

「ごめんね。他人の家へ行って、あんなに歓待されたのは初めてやったし」

「今度から気をつけや」

「うん。そうする」

負けん気のつよい静子があやまった。やっとできた女友だちを失いたくないらしい。思春期になると、どれほど仲がよくても些細なことで口をきかなくなってしまう。私も何度かそんな経験をしてきた。真知子とルミが待ち合わせをすっぽかしたのも、やはり静子がらみかもしれない。

「もうええやろ、二人とも。夏休みの冒険の旅は始まったばっかりやし。明日は三人でトッポの家を探しにいこ」

「こまったな。歌謡教室でレッスンがあるよって行かれへん」

好恵が残念そうに言うと、静子までが首を横にふった。

「あても無理やわ。二日つづけてお稽古を休まれへんし」

「えーっ、うち一人かいな」

女だけの冒険は、早くも一日目で頓挫してしまった。

年少でもみんな懸命に生きている。町をふらつくお気楽な女子中学生は、どうやら私だけらしい。

静子が道ばたの小石を下駄で蹴りとばした。

「つまらん。花街に夏休みなんかあらへんし。自由にどこへでも行けるりょーちゃんがうらやましいワ」

自由という言葉が胸に突き刺さった。

変に同情したら静子はよけいにつらくなるだろう。やぶにらみの私は、いつもどおり見当ちがいのことを言った。

「そやな、うちは自由気ままや」

「ジュリーの家がわかったら、あてもかならず一緒に行くからぜったい連絡してな。りょーちゃん、約束やで」

「わかってる。でも、こっちから連絡しにくいし、うちの住所と電話番号を教えとく。手帳がないよって暗記しといて」

細い棒切れをひろい、しめった路地の黒土に大きく文字と数字をかたどった。静子だけでなく、好恵もぶつぶつ唱えながら石井家の連絡先をおぼえた。

これで三人の絆はつながった。他の女友だちのように簡単に切れることはない。

それにしても、つくづく不便だと思う。

大人たちとちがって、少年少女らは何の連絡手段も持ち合わせてはいないのだ。親しい友人と話したくなったら、直接相手の家を訪ねるしかなかった。遠く離れている場合は、手紙のやりとりなどで日時を浪費してしまう。

帰路を急ぐ静子が、また浴衣の裾をたくしあげた。

「先に行くよって。二人ともまた会おな」

そう言い残し、裾をからげて暗い路地を駆けぬけていった。

下駄の音が遠ざかった。湿気た空間に奇妙な静けさが漂う。そばの好恵が静子と初めて会った時のように、丸メガネの中の両目を大きく見開いた。

「ほんに不思議な人やなぁ、きれいというより美しいもん。どない思う、涼子ちゃん」

「うん、美しい」

「なんやしらんけど、見ているこっちが悲しなってくる」

「……そやな」

おませな好恵をたしなめることもできず、私は力なく微笑んだ。

四章　色つきの女でいてくれよ

目的は果たしたが達成感はない。

タローの実家を探しだせたのは、いくつもの幸運が重なったからだ。地元の好恵だけでなく、静子もタローのお姉さんとは顔見知りやった。リーダーきどりの私は何ひとつ貢献できなかった。

今日からは一人で行動しなければならない。ルミや真知子は早々と脱落し、静子と好恵も他のことに時間をとられている。

初日はすべてがうまく運び、仲間とも大いに盛り上がった。だから逆にこれからの成り行きが不安になってきた。

トッポの家が白梅町にあることはわかっている。だが今度は細部に通じた案内人がいない。猛暑のなか、一人で探訪するのはやはり気が重かった。仲間の大切さをあらためて思い知らされた。

階下から母が声をかけてきた。

「涼子、早よしぃ。なんべん言わせるの、作ったものが冷めてしまうよ」

「……わかってる」

寝床で生返事をすると、一階の廊下奥へ足音が遠ざかった。

前日の気疲れからか、すっかり寝坊してしまった。ぐずくずしたあと、私はねぼけまなこのまま階段を下りていった。

どうやら、まだ少しだけ運は残っているらしい。ちゃぶ台の上に私の大好物がのっていたのだ。

うれしいことに朝食はフレンチトーストやった。卵と牛乳をまぜた汁に厚切りの食パンをひたし、バターで焼き上げただけの代物だ。でも白砂糖をたっぷりまぶしてあるので、甘党の私は三枚もたいらげた。

その上、しょっぱいものが欲しくなってセンベイを五枚も食べてしまった。

自分の食欲が空恐ろしい。いくら成長期だといっても、こんな食生活ではそのうち一八〇センチを超えてしまうだろう。アチャコからお世辞まじりに『モデルになりなさい』と言われたが、やぶにらみなので写真に撮られるのは恥ずかしすぎる。

働き者の母は、先に食事をすませて仕事場にこもっている。一階奥からジャガジャガと機織りの音がきこえてくる。最近は機械織りになったのでよけいに騒がしい。

二階から姉の久美子がしかめっつらで下りてきた。

「うるそうて勉強に集中できひん」

「おねぇちゃん、お座布においでぇや。話したいことがあるねん」

私は手柄顔で手まねきした。

座布団にすわった姉が、気乗り薄に言った。

「さっさとすませて。あんたとちごうて、わたしは受験生なんやから」

「十秒ですむ。昨日ザ・タイガースのタローの家へ行って、虎屋の羊羹をごちそうになりました。ハイ、おしまい」

「なんやて。もう三十秒だけ話しなさい」

「うちな、夏休みを利用して女だけの冒険旅行を企画したんや。京都市内にあるタイガースのメンバー宅を次々と訪問すんねん。もちろん隊長はうちやで」

「おもしろそうやんか。涼子、もっと話し」

勉強の骨休みになるとでも思ったのか、姉がきっちりとすわりなおした。小難しい文学書を読むのが趣味だが、『月刊明星』などの娯楽誌にも目を通しているらしい。その証拠に、姉の部屋の壁には日活の小林旭のポスターが貼られていた。

私は根っからの東映びいきだ。近くの円町のワールド劇場で、東映のチャンバラ映画ばかり観てきた。ジュリーに魅せられてテレビの音楽番組を注視しだしたのは、つい最近のことだった。

西陣と呼ばれる地域は、昔から娯楽に事欠かない。

子供の行けない紅灯街(こうとうがい)や飲み屋横丁、そして私の大好きな映画館がいっぱいある。東映や日活だけでなく、松竹や東宝などの直営館が各所で封切り上映していた。

だが映画界は斜陽産業と言われだしてる。好恵のお母さんは東映のエキストラやから、制作本数がへって収入が激減したらしい。

私はもう一枚センベイを食べてから話しだす。

「聞いたら、きっとびっくりするし。タローの家は五番町にある。ほら、おとうちゃんが読んではった『五番町夕霧楼』の舞台になったところや。アチャコの娘がその近くに住んでるので案内してもろたんや」

「アチャコて、あの紙芝居屋の……」

「そう、何回か一緒に児童公園へ紙芝居を観に行ったやろ。子供たちの人気者で、歌のうまいおっちゃんや」

「そこまでは憶えてへん」

姉の久美子は本物のスターしか認めない。前頭部の禿げあがった中年男にはまったく興味を示さなかった。

「最高の語り手やんか。紙芝居の動かん絵もひとりでに動きだすし、登場人物たちもそれぞれちがう声で聞こえてくる」

「そんなことよりタローには会えたんやね。どんな家、雰囲気はどう」

姉が矢継ぎ早に質問してくる。

憧れのアチャコを無視され、私はつっけんどんにこたえた。

「うるさいな。タローのお姉さんが日本舞踊を教えてはるよって、間取りの広い大きな家や。タローは留守でお姉さんが羊羹をだしてくれはった」

「なんやの、それ。結局会えへんかったんやな。さっきは、タローから羊羹をごちそうされたみたいに言うてたやないの」

いつも理詰めなので、言い争いになると姉には勝てへん。

私が黙りこむと、話が悪い方向へ飛び火した。

「毎日遊んでばかりいんと、あんたも大学に行きなさい。そのことはおかぁさんにも話しといたから」

「勝手に決めんといて。うちはうちや」

得意の決めぜりふを言ったが、真っ当な姉には通じなかった。

「知ってるよ、あんたには不思議な能力がある。空想癖が強いよって作文もわたしより上手やし、ほんまは頭がええねん。ちょっとだけ努力したら、どこの大学にかて通る」

「これまでいっぺんも勉強したことないし、これからもせぇへん」

「成績が下位なのは数学がでけへんからや。そこさえ克服したら、ぜったい上位グループに入れる。わたしの予言は当たるよってチャレンジしなさい」

　必要以上におだてたりして、勉強ぎらいな妹を持つ姉は気苦労が多いようだ。

　正面にすわっている私は、ただちに逆襲にでた。

「おねぇちゃん。うちの通信簿を盗み見したやろ」

「うん、見てしもた。そこはあやまります。そやけど今日の勉強のスケジュールはもう決まってしもてる。涼子、覚悟しぃや」

「えっ、なにが起こるのん」

「あと三十分したら家庭教師の京大生が来はる。昼まで数学の勉強をがんばったら、そのあとは自由時間や。途中で逃げ出したら、おとぅちゃんにどやされるよ」

　自由時間という言葉のひびきが、私の反発心を弱めた。

　置屋暮らしの静子は束縛されている。一人で自由に過ごせる時間がない。夜遅くまでお座敷で働き、早朝から雑巾(ぞうきん)がけをしなければならないのだ。

　平気で寝坊している自分が情けなく思えてきた。

「わかった。ちゃんとがんばるし」

「夏休みのあいだ午前中の週二回。午後はわたしが習う。それでええやろ」

「おねがい、おねぇちゃん。せめて一緒に勉強させて。知らん男の人とさしむかいで教わるやなんて怖いもん」

「いまさらなに言うてんの。むこうの方が怖がるワ。たいがいの男は、あんたよりずっと背が低い」

いつものように甘え声をだしたが、とりあってはもらえなかった。小学生の時まで通じた懇願も、こんな大女になっては相手にされるはずがない。今回も教育係を自任する姉に押し切られてしまった。

玄関で人の声がする。

聞き覚えのない関東弁やった。すばやく立ちあがった姉が応対にでた。奥の仕事部屋から母もあらわれた。

「きっちりしたお人やなぁ。二十分も早(はよ)う訪(たん)ねてきはった」

「おかぁちゃん。言うとくけど、勉強を習うのは夏休みのあいだだけやで」

「久美子の家庭教師として来てもらうことにしたんやけど、よければ妹さんも教えてあげますよと言うてくれはった。お金もかからへんし、サービスみたいなもんやから続けたらええやないの」

「無料(タダ)でもイヤです。うちはうちやし」

使い古しのフレーズやけど、心やさしい母にだけは通じる。こっくりとうなずいて玄関口へとむかった。

くだくだしい京都風のやりとりがあって、やっと家庭教師は台所横の八畳間に通された。

半そでの白いカッターシャツに黒ズボンという無難な格好だ。しかし髪型だけはビートルズをまねたマッシュルームカットだった。

私の前にすわったキノコ頭の京大生が、喫煙で汚れた黒っぽい門歯をみせた。本人は笑ったつもりだろうが、目は落ち着きがなかった。

「はじめまして、京都大学工学部の黒崎修一郎です」

「石井涼子です。よろしゅうに」

たがいに名のったが、あとがつづかへん。

もともと話すことなんか何もない。相手は姉の家庭教師としてやとわれたのに、心ならずも勉強ぎらいの妹まで面倒をみなければならなくなったのだ。

見かねた姉が、本日のスケジュールを提示した。

「このあと午前中は涼子の勉強をみてもろて、昼食後の一時からわたしが数学を習わさせてもらいます」

「わかりました。初日だし、それに東京育ちの僕は京都には不案内なので、こちらが教わることが多いかもしれませんね。とくにこのあたりは歴史的建造物が多いし、学問の神様といわれる菅原道真公が祀られた北野天満宮などもありますし」

京大生は姉の久美子に対しては多弁だった。軽薄で歯切れのよすぎる関東弁が、私は気に入らなかった。

妙に浮ついているのは、たぶん姉の久美子が美人だからだろう。

こんなケースは何度も経験してる。年ごろの男たちはそろって姉に熱い視線を送り、私とは目を合わそうともしない。背丈のせいもあるし、目が斜めで互い違いなので視線がずれてしまうのかもしれない。関西風に言うと『ひんがら目』の私は、なにかにつけて姉の引き立て役になっていた。

台所から母が冷たい緑茶を運んできた。

「黒崎先生、お昼はこっちで用意してますよって。これからは自分の家やと思うて、久美子と涼子をよろしゅうご指導くださいな」

「いや、僕のほうこそ。ずっと京大の寮暮らしだし、こんな風にしていると家庭の雰囲気がなつかしいです」

「親御さんは……」

「じつは東京の実家には二年ほど帰ってません。いろいろとあって……」

思わせぶりに言って、緑茶をぐびりと飲んだ。

キザな物腰がいちいち癇にさわる。昔から私は、先生という勉学を強いる存在が好きになれなかった。

紙芝居屋のアチャコのように、次々と楽しいことばかり生み出す人物に憧れていた。

ジュリーは別格だ。

自室の壁に貼りつけた彼の特大ポスターを見るたび、じんわりと心身がうるおって寝床で猫のように丸くなってしまう。

仕切り屋の姉が、さっと区切りをつけた。

「涼子は勉強部屋がないよってここで習いなさい。柱時計が十二時をさしたら、そこでおしまい。がんばりや」

「あと二時間もあるやんか。それに教科書もノートもあらへんし」

最後の抵抗を試みたが、新任の家庭教師にやさしげな声で諭された。

「大丈夫だよ、中二の数学の問題集を持ってきたから。さ、やろうか」

まるで打ち合わせをしていたかのように、姉と母は部屋からスルスルと退出した。すっかり三人のペースにはまってしまった。

そこまでして私に勉強をさせたいのやろか。肉親らのあふれる熱意に、怠惰な私はとてもついていけそうもなかった。対座した京大生が無意味な笑みを浮かべている。へんてこりんな髪型も、きどった物腰もイヤだった。

「さっきお姉さんから聞いたけど、数学が苦手なんだって？」

「苦手というより、なんもわからへん」

「そんなことないよ。ちゃんと教われば、ぜったいに理解できるからね。わからなくてもいいから、まずは連立方程式から始めてみよう」

簡単そうに言って、持参した問題集をちゃぶ台の上に広げた。

私はぞっとした。xとyを含んだ方程式なんか解けるはずがない。ひんがら目のせいか、問題集の数字がてんでんばらばらに踊りだす。

軽いめまいに襲われ、私は問題集をバタンと閉じた。

「どんなにがんばったかて、ぜったいに解けへん。まだ先生は知らへんやろけど、頭のええおねぇちゃんとちごうて、うちの脳みそはからっぽやし」

劣等生は居直るしか方策がない。

自分からバカだと申し出て難問から逃れるのだ。これまで私は、その裏技で何度も窮地を脱してきた。

年若い家庭教師はもてあましたようだ。

そして私の知能指数を計るためなのか、ふいに一般常識を質問してきた。

「知ってるかな。現在の日本の総理大臣」

「佐藤栄作（さとうえいさく）やろ。目玉が大きいよって、いつのまにか覚えたし」

「正解。なら社会党の委員長は」

「わからへん。京都府知事の蜷川虎三（にながわとらぞう）さんやったら知ってる。『十五の春は泣かせない』とゆうて、勉強せんでもみんな高校へいけるようになったし」

「よく知ってるね、感心したよ。ではちょっと方向転換して、京都が舞台の小説で『古都』の作者は」

「おねぇちゃんに薦められて読んだことある。川端康成先生」

「感想を言ってくれるかな」

「おもしろかったけど、女の双子が出てきて不気味やった」

安堵の表情をみせた家庭教師が、薄っぺらな問題集を再度ひらいた。どうやら口頭試験をくぐり抜けたようだ。

「涼子ちゃんはとてもユニークだね。ではもう一度テストを始めようか」

やはり数字が羅列しているばかりで、まったく理解できなかった。しばらく考えているフリをしてから、私は精一杯の笑顔をみせた。

「いっこもわかりません。うちはアホやよって」

衝撃をうけたらしく、京大生がウッとうめいた。姉妹間でこれほどの落差があるとは知らなかったようだ。

それでもなんとか態勢を立て直し、独自の暗示術をくりだしてきた。

「いいかい、涼子ちゃん。これは心理学に属することだけど、人の頭脳は臨機応変なんだよ。できないと思ったら、できる問題も解けないし、自分は頭が悪いと思ったら、頭脳もまったく働かなくなる。だから、声にだして『私はバカじゃない』と十回つづけて言ってごらん。そうすれば、かならずこの問題集は解けるから」

「標準語は無理やから、いっつも使う言葉でいいですか」

「いいよ、それで」

青年はあたたかく見守ってくれていた。これまでも自己暗示をかけさせ、バカな教え子たちの成績を向上させてきたのだろう。

私は大きく息を吸ってから、気持ちをこめて連呼した。

「うちはアホやない、うちはアホやない、うちはアホやない……」

きっちり十回言い終わってから、私は数学のテキストに目をやった。

キノコ頭が笑顔を張り付けたまま言った。

「ね、自分を励ますと力がわいて難問もスラスラ解けるだろ」

「どないしょ、アホのままです」

私も笑顔で正直にこたえた。

おまじないで頭がよくなるわけがない。心理学なんてうそっぱちだ。私の勉強ぎらいは筋金入りなんや。

無価値な二時間が過ぎた。やっと解放された私は、昼食抜きでそっと自宅からぬけでた。勉強が延長されるのがひたすら怖かった。

京都盆地は今日もあぶら照りだった。

帽子をかぶっていないので鼻先が赤く火照りだす。お腹もへっていた。それでも足取りは軽い。たった二時間しか拘束されていないのに、いまは西陣一帯の風景があざやかに目に映る。つくづく自由のありがたみを知らされた。

そして、この奔放な町の楽しさをかみしめた。

毎年夏休みが始まると、アチャコは昼過ぎから児童公園に姿をあらわす。公共の遊び場なので、小銭を持った子供たちは紙芝居屋の駄菓子を買い食いするのが常だった。しぜんに私の足は児童公園へとむかう。トッポの家を探す前に、流しの紙芝居屋さんの売り上げに協力しようと思った。

それはこじつけで、無性に水アメが食べたくなったのだ。

二本の棒にからみついた透明な水アメは、混ぜれば混ぜるほど空気が入って乳白色になる。甘さも増して味が濃くなっていく。常連客の私は特別あつかい。アチャコからソースを一刷毛塗ってもらい、きれいなこげ茶色にまぜて食べるのが好きだった。

そして大きなエビセンベイにもソースを一刷毛。

両のポッケには十円玉がたくさん常備されているので、ほかの子たちをしり目に私は特別サービスを満喫していた。当てもんというヒモの束があったが、私がヒモを引く時はアチャコが目で誘導してくれた。

当てもんは九割がたハズレと決まってる。

　でも私が引けば大当たり。もちろんアチャコのえこひいきもあるが、なぜか本気で念じると当たりくじが透けて見えた。その場で景品を受け取り、からだに悪い着色料で真っ赤にそまった酢ダコを食い散らかした。

　みんなから超能力者やと言われ、まんざら悪い気もしなかった。

　大事な期末テストで山勘ははずれっぱなし。そやけど、どうでもいいような場面にかぎって正解を導きだせる。姉が言うところの『涼子の不思議な能力』とは、子供じみたおまじないの域をでなかった。

　アチャコは神出鬼没（しんしゅつきぼつ）だった。

　こっちが勝手にイメージすると、時を超えてどこからともなくやってくる。

「あっ、おった……」

　市電の線路の向こう側を、紙芝居箱を積んだ大型自転車がゆらゆらと走っていく。右耳に吸い残しのちびたタバコをはさんでいた。

　トッポの住所のことも、くわしく訊けば情報をくれるかもしれない。道先案内人として、紙芝居屋のおっちゃんほど有能な人物はいない。

　後を追いかけようとすると、横からきた路面電車に視界をさえぎられた。市電が通り過ぎたあと、アチャコの姿は白昼夢のように掻（か）き消えていた。

　がっかりして日陰に逃げこむ。

曲がりかどにある煙草屋は父の姉が営んでいる。京子伯母さんは座をはずしていて、店先には黒猫が寝そべっていた。煙草屋の飼い猫ではなく、決まった時間ごとにご近所をまわってエサをもらう人懐っこい野良猫だった。

でも、なぜか私に対してだけは友好的ではない。近くに行ってなでようとすると、両耳を後ろに反らせてシャーッと威嚇された。

どうやら今日は先行きが危ういようだ。

いや、そんなわけはないと思いなおす。アチャコに出会うと、なぜかその日はかならず良いことが続くのだ。道先案内人ともいうべき紙芝居屋のおっちゃんは、いつだって思わぬ方向へと導いてくれる。

革の肩かけバッグをさげた若い女が脇を通り過ぎる。ポニーテールの長い黒髪が風に揺れ、さっと私の前に立ちふさがった。

「ちょっと聞きたいことがあるんだけどさ……」

言葉が荒っぽい。このあたりでは見かけないとがった顔だった。

「なんやのん、急に呼びとめて」

「気にすンなよ。人の出会いってそんなもんじゃん」

「ほんなら早よ用件を言うて。こっちも忙しいし」

私は胸をそらして中背の相手を見下ろした。

こんな時、背高のっぽでよかったと思う。猫のように毛を逆立て、自分を大きくみせる必要がない。しかも私は目つきまで悪い。

だが、相手もふつうの女ではなかった。

きつい三白眼でにらみかえしてきた。それから余裕ありげにバッグから洋モクをとりだし、小粋な仕草でカチッとライターで火をつけた。

紫煙をくゆらす姿は、どこからみても不良少女だった。

「昨日さ、あんたをタローん家の前で見かけたんだ。なんだかしらないけど自由に出入りしてたよね」

「顔見知りやもん。うちはこの近くに住んでるし」

「名は？」

なれなれしい態度で迫ってくる。

「涼子。石井涼子」

気圧された私は、実名まで教えてしまった。

「あたしはアケミってんだ。港町の横須賀育ちでとっぽいからさ、仲間内じゃ『トッポ』と呼ばれてる」

「なら、あんたもザ・タイガースのファンなんやね」

「ほんとに好きなのは、トッポじゃなくてジュリーだけど」

「やっぱし。そうやと思てたワ」

ジュリーのファンときいて気がゆるんだ。きっと彼女も、夏休みを利用して京都まで遠征に来たのだろう。その目的は、私と同じくタイガースの自宅めぐりにちがいない。言ってみれば、若い娘がたった一人で巡礼をしているようなものだ。

今日の連れはこの娘に決めた。

友だち選びで直感がはずれたことがない。紙芝居の当てもんのようなものだ。私がヒモを引けばたいがい的中する。

それにアチャコの霊験もある。流しの紙芝居屋が出現すると、運命のサイコロが自在に転がりだす。そして良い目しかでない。アチャコが引き合わせた相手ならぜったいに安心だと思う。

「かめへんよ。きっとうちに何かたのみたいことがあるんやろ。ずっと後をつけてたみたいやし」

「あんたすっごく背が高いからさ、見失うことなんてないよ」

「そっちこそ目立ってるやないの。ジーパンはいてる女の子なんか京都にはいぃひん」

「そういえば京都ってさ、何も見るとこないじゃん」

アケミがさらりと言った。

とても貴重な意見だと思う。日本一の観光地といわれているが、じっさいこれといった景勝地などなかった。

近くなので、私も嵐山には何度も行った。渡月橋をゆっくり往復すると、ほかにすることがなくなってしまう。嵯峨野の竹林も、ちゃんと手入れされた小道は八〇メートルぐらいしかない。また清水寺は修学旅行の定番だが、多くの田舎者たちが無駄金を落とすところだと父がしたり顔で言っていた。

神社仏閣や歴史に興味のない不良少女にとって、千年の古都はなんの面白みもない場所なのだ。たぶんアケミにしてみれば、京都はザ・タイガースのメンバーが生まれ育った郷里にすぎないのだろう。

「三条のパチンコ店ですっちゃった。帰りの旅費しか残ってないしさ、できれば今日中にタローに会いたいんだけど」

これが横須賀の少女たちの生き方なのだろうか。言っていることも、やっていることも規格外で聞き惚れてしまう。

ジーパンにポニーテール。平気でタバコを吹かし、パチンコ玉まではじいている。言葉だけでなく金づかいも荒い。京都盆地から一歩も出られず、十円単位で駄菓子を買い食いしている私などは、きっと子供あつかいされるだろう。

それだけはぜったいに受け入れられない。

どんな場合でも、私は熟考せずに直進してしまう。ためらったりしない。おかげで失敗ばかりだが、大ケガをしたことはなかった。

「アケミちゃん、とにかく一緒行こか」

「めったに京都には帰ってけぇへんのやて。あんたもタローの実家を見ただけでガマンしとき。今日はいまから二人でトッポの家を探しに行こ」

主導権をにぎった私は、さっさと歩きだす。

ついてこなければ、そのまま横須賀の少女とは別れるつもりだった。

「待ちなよ、のっぽちゃん」

なれなれしく言って、アケミが私の横合いにへばりついた。

彼女がつけた『のっぽちゃん』という愛らしい呼び名が気に入った。

突っぱってるが、やはり見知らぬ土地での一人旅は心細いらしい。巡礼をつづけるには、同じザ・タイガースファンの私をたよるしか方策はないのだ。

煙草屋の前を通りすぎ、なんとなく二人で手をつないだ。女同士だが、やはり鼓動が速くなる。縁日で静子から強引に左手をにぎられて以来、妙に敏感になってしまった。

トッポと呼ばれている少女のことを、もっと知りたいと思った。

「横須賀ってどんな街なん？」

「ここと同じで、つまんねぇ街さ。アメリカ兵がわがもの顔でのし歩いてる」

一瞬ではねかえされた。

不良少女はなんでも否定するのが流儀らしい。

流れ者の静子と同じやった。けれども私はなんでも受け入れてしまう。とり立てて嫌いな事柄なんてなかった。両親や姉とも仲がいいし、このあたりの古い町並みも大好きだ。たぶん、ずっとここで生きていくことになるのだろう。

手を離したアケミが、さっそく切り返してきた。

「なら訊くけどさ、西陣のどこがいいの。こっちに来てから探したんだけど、西陣って地図にも載ってないじゃん。ただのイメージじゃんか」

私は返事に詰まった。

たしかに西陣は地図上では存在しない。京都市の行政区域でもなかった。

それは私たち居住者の心の中にだけある幻影の町だった。

境界線すらはっきりしていない。だが織物産業にたずさわっている人々は、こぞって西陣の地名を口にする。たしかに『西陣織り』という言葉は全国に広まっている。けれども西陣そのものはとうの昔に霧消していた。

地名の謂われを、私もよく知らなかった。

それでも訳知り顔でこたえた。

「五百年ほど前に京都で戦争があってな、盆地の東西にわかれて戦ったんやて。西軍の大将がここらあたりに陣を張ったから、西陣と呼ばれるようになったんや」

「そうだったの。じゃあ東陣はどこ」

東陣なんかもっと知らない。

私は、あてずっぽうに比叡山の方向を指さした。

「決まってるやろ、加茂川の向こう側や」

「ありがとう、よくわかった」

受け流すように、アケミはこっくりとうなずいた。こんな大ざっぱな説明で、いったい何がわかったのだろうか。たぶん途中で面倒くさくなっただけだと思う。

私は意識的に話題を転じた。

芸能界のことなら、全国共通で楽しく語り合えるはずだ。

「ジュリーのほかに好きなスターはいてるのん？」

「マルさんだよ。宝塚劇場の前で二日待って、サインをもらったことがある」

アケミの口から那智わたるの愛称がこぼれでた。

「コーちゃんも好きさ。抜群に歌がうまいしね」

なんと越路吹雪まで出てきた。

やはり大当たりだ。

ぜったいに気が合うと思った。関西の少女たちにとって阪急電車沿線の宝塚は憧れの地だった。どんな境遇であっても、親が一度は娘を観劇に連れていく。私や姉も年に数回は両親と共に宝塚に通っていた。

でも、話はすぐにジュリーにもどった。

「宝塚は卒業したの。やっぱ男役って限界があるじゃん。トッポもいいけどさ、ジュリーのことはどうにかならないの」

「ちょっとむずかしワ。なんも情報がないよって」

そっちにはあまり深入りしたくなかった。ジュリーの家に一緒に行くのは、親友になった静子と決めていた。

アケミは気性がさっぱりしている。切り替えが早かった。

「うち知らへん」

「のっぽちゃん、知ってる？　来月あたり、ザ・タイガースの新曲がでるよ」

「タイトルがかっこいいンだ。『色つきの女でいてくれよ』だってさ。もしジュリーにそう言われたら、しびれるじゃん」

「いったいどんな色やろ。想像もつけへん」

「きっと派手なショッキングピンクさ」

他愛もない話をしながら下の森市場の近くに出た。

市場をぬければ白梅町に行ける。その界隈にトッポの家はあるはずだ。それほど広域ではないので、近辺の人たちに尋ねたら住所はわかるだろう。

トッポの本名は【加橋かつみ】なので、一軒ずつ表札を見てまわるのも面白いと思った。

その前に、どうしてもアケミに見せたい場所があった。そこは私だけが知っている京都で一番の景勝地だ。

アケミを市場の裏通りへと先導した。

さっと広大な空き地が目の前にひらけた。四方から蟬の鳴き声が聞こえ、濃密な草いきれがたちこめている。

何も見るところがないと言っていたアケミが目を輝かせた。

「おっ、すげぇじゃんか。京都にもこんなとこがあるんだ」

「気に入ったみたいやね」

「でもさ、とても観光地にはみえない」

「昔の北野駅や。何年もほったらかされてる」

御前通りの西側には嵐電の廃墟駅が残されていた。

嵐山へ通じる京福電鉄の跡地だ。始発駅だったが、いまは荒涼とした草っ原になってしまった。夏草が生い茂って緑一色になり、左辺に崩れ落ちた建物の骨組みだけが悄然と突っ立っていた。

子供たちの遊び場にうってつけだった。

苔むしたコンクリートのプラットホームが、錆びた線路にそって二つならんでいる。嵐電の車輛に合わせ、電車二輛分の長さがある。小学生のころは、ここを集合場所にして女友だちと夕暮れ時まで遊んだ。

男子生徒たちは除外した。かれらは乱暴だし、すぐに大声をあげる。女の子だけで遊んでいるかぎり、周辺の住民たちから文句はでなかった。

女子中学生になって、失ったものがたくさんある。

この廃墟駅もその一つだ。

駅舎の骨組みの残骸のおかげで、草っ原は表通りからの死角になる。たわいもない鬼ごっこもかくれんぼも、大きな空間でくりひろげると少女たちだけの大冒険に変じる。追って追われて、野外劇場でヒロイン役を演じているような錯覚におちいることもあった。

ジーパンがよく似合うアケミが、身軽にプラットホームにとびあがった。

「ここって最高じゃん」

「そやろ。うちらだけの秘密基地やったんえ」

「地図にも載ってないけどさ、なんだか西陣の町が好きになったよ」

「よかった、連れてきて」

北野駅の廃墟には、冒険好きな少女らが求めるすべてがそろっている。
夢見がちな私の性向も、きっとここで育てられたのだと思う。

「のっぽちゃん、あんたも上がっといでよ」

アケミが右手をのばし、私をプラットホームにひっぱり上げてくれた。

吹きっさらしのコンクリートの匂いが懐かしい。急に背が高くなったせいか、以前とは景色が少しちがって見える。会ったばかりのポニーテールの少女が、昔からの親しい友だちに思えてきた。

「不思議やね。アケミちゃんとは三十分前に知り合(お)うたのに、こんなさびれたプラットホームに仲良う立ってるし」

「今は友達(ダチ)だよ、よろしくね。でも夕方には横須賀に帰っちゃうけど」

「どないしょ……」

私が迷っていると、不良少女がむこうから言ってくれた。

「ここで別れたら、もう連絡とれなくなるじゃん。やっぱさびしいよな、ガラじゃないけど文通しようか」

「うん、そうしょう。大人になったら一緒にパチンコにも行きたいし」

気持ちを抑えきれず、私は子供みたいに大はしゃぎした。

するとアケミが怪訝(けげん)な表情になった。

「ちょい待ち、のっぽちゃん。訊き忘れてたけど、あんたいくつなの」

「うち十四歳や」

「くっそーっ、完全にだまされた」

「何がやのん」

「すっげーデカいしさ。高三ぐらいに思ってた。やめた、やめた。恥ずかしくって女子中学生なんかと文通できないよ」

あっさり拒絶されてしまった。

承服できず私も訊き返した。

「そうなん。ほんならアケミちゃんは何歳？」

「……二十一歳」

「ウソやん。わかってるで、まだ未成年やろ。うちとたいして年はかわれへん。自分から言い出しといて、すぐに断るやなんてひどいワ」

言い返したあと、すぐに後悔した。そばのアケミもばつが悪そうな表情をしている。それでも気持ちを切り替えたらしく、無難な京都の風物詩に話を持っていった。

「のっぽちゃん。たしかもうすぐ大文字焼きだよね」

「そうやけど、あんまし興味ないねん」

軽くあしらって視線を東方へむけた。廃墟に広がる青い夏草が目にまぶしい。京都市内には高層建築がないので、東山のなだらかな稜線がきれいに見渡せた。

たしかに八月には大文字焼きの例祭が始まる。左京区の如意ヶ嶽に大文字の篝火が燃え上がる。でも西陣の人たちにとっては、五山の送り火よりも町内の盆踊りのほうが優先事項だ。

祇園祭も同様だった。豪奢な鉾を立てて得意げに洛中をねり歩くのは、加茂川ぞいの三条や四条の町民たちなのだ。ずっと昔から西陣で暮らしている私たちは、めったに見物にも行かなかった。

渡来人の末裔といわれる機織り稼業の住民らは、繁華街の人たちとは少し価値観がちがうようだ。

二人はプラットホームにすわりこみ、黙って遠方をながめていた。

気まずい状況を打ち破ったのは地元の不良たちやった。長髪の険相な三人グループが夏草をかきわけて近づいてきた。

最近ではここを根城にしているらしい。

連中に最高の遊び場を奪われ、女の子たちは集まらなくなったのだろう。そう考えるだけで無性に腹立たしかった。

薄笑いを浮かべてプラットホームに上がってきた。頭にのっけた学帽の校章は、男子校の太秦高校のものだった。そして、リーダーらしき角顔の不良学生が間のびした京都弁で吠えたてた。

「おい、そこのアベック。昼間からいちゃついてたらあかんぞ！　気分悪いから弁償せぇや。ほしたらゆるしたるから」

根は小心者の私は、すわったまま抗弁した。

「弁償ていうたかて小銭しか持ってへん。それにうちらはアベックとちがいます」

「あれっ、おまえ女やんけ。短髪やし、男やと思てた。とにかく持ってるだけの金を貸してくれ。言うとくけど、これは恐喝とはちゃうからな」

「うん、わかってるし」

私はポッケからジャラ銭をとり出しかけた。

すると、そばのアケミが手で制して立ち上がった。そして黒目が上まぶたに半分埋まった三白眼をギラリと光らせた。

「上等じゃん。あたしが相手になるよ」

きつい眼光に射すくめられ、角顔の不良が一歩しりぞいた。

「なめとんのか、女のくせに」

「てめぇこそ男のくせに弱っちいな。足がふるえてンじゃんか」

横須賀の不良少女は喧嘩慣れしていた。歯切れよく挑発し、不良学生たちと真っ向から対峙した。

つられて私もぬぅーっと腰を上げた。

状況はちがうが、相手に強要されて従うのは情けないと思った。高圧的な倉持先生の指導を受け入れた私は、静子から弱虫と呼ばれてしまった。あの時の恥ずかしい思いを二度とくりかえしたくない。

女二人対男三人の争闘。

勝ち目はないが、アケミが連中と闘うつもりなら私も逃げずに立ち向かおう。たとえぶちのめされても、あとでくやむよりはマシや。

「でっけーッ……」

チビ助の三人がそろって声をあげた。どうやら予想をこえた高身長だったらしい。不良学生たちはさらに二、三歩ほど後ずさった。

サッと距離をつめ、とがった口調でアケミがたたみかける。

「そのへんのガキじゃあるまいし、横須賀じゃ素手の喧嘩は喧嘩とは呼ばないンだよ。覚悟しな」

すばやく肩かけバッグから小ぶりな金属をとりだした。間近でスチャッと乾いた音がする。空間にとびだした刃物が太陽の光を照り返した。

私は息をのむ。アメリカのギャング映画で観たジャックナイフだ。まさか日本の少女が、こんな物騒(ぶっそう)なものをバッグに忍ばせているとは思わなかった。

それは京都の軟弱な不良学生たちも同意見だろう。

本物の不良少女が鋭い刃先をむけると、リーダーを残して二人の高校生はわれ先に現場から逃げだした。置き去りにされた角顔の男は、プラットホームの上で茫然と立ち尽くしている。一挙に劣勢になり、その上ナイフまで突きつけられて身動きできない。

そばのアケミが私をチラリと見た。

「どうする、こいつの始末」

「ここはうちらの遊び場や。男子禁制やよって、二度と姿を見せへんのやったら、ゆるしたってもかめへん」

声も出せず、肩をすくめた不良学生が何度もうなずいた。

「行きな」

アケミがあごをしゃくると、縛りのとけた男は半泣きでプラットホームの後方へと走っていった。

勝ち誇るでもなく、アケミが私をせかす。

「さ、あたしたちも早くフケようよ。やつらが地元の不良仲間を連れてもどってくるかもしれないしさ」

「そやな。このへんの抜け道なら知ってるし、ついといで」

プラットホームから跳び下りると、アケミもあとにつづいた。

長い夏草をかきわけて前進する。胸がどきどきして、鬼ごっこで追われているような高揚感につつまれた。こめかみの血管がふくらんで今にも破裂しそうだ。行く手をふさぐ雑草をアケミがナイフをふるって薙ぎ切っていく。

私は笑いがとまらない。危険がともなってこそ真の冒険といえる。身ぶるいするほど愉快だった。

アケミもげらげらと笑いだす。

「おもしれぇな、のっぽちゃん。あんたと一緒だといろんなことが起こるよね」

「そっちこそおもしろいよ。ナイフなんかふりまわして」

「護身用さ。こうして女が突っぱってると、バカな男たちがからんでくるからね」

彼女はずっと独りで冒険の旅をつづけてきたのだろう。ジュリーと同じ硬派の不良だ。

そのことが無性にうれしかった。

「刺したれ、刺したれっ」

興奮を抑えきれず、私は語気を強めた。

五章　シー・シー・シー

今日もまた、私は人待ち顔で市電の停留所に立っていた。

だれと待ち合わせているわけでもない。電車の乗降客をぼんやり見ながら、昨日の出来事をあきることなく反芻していた。

思い返すだけでも胸が高鳴る。

北野駅の廃墟でナイフをふりかざした不良少女は躍動的だった。身のこなしがしなやかで、男たちへの脅し文句も歯切れがよかった。燃えさかる太陽の下、プラットホームで身構えたアケミは圧倒的な存在感があった。

けれども、高くのびた夏草の中ではぐれてしまった。なんどもアケミの名を呼んだが、一面の緑の壁にはねかえされるばかりだった。

もしかすると危険を察知した彼女は、現場から一人で脱出したのかもしれへん。

さよならも言わず、私たちは別れた。

いったん離ればなれになったら連絡はとれない。文通の話もでたが、それも一瞬の言葉の行きちがいで霧消した。たぶん彼女は横須賀に帰ったのだろう。これから先、きっと二度と会うことはできない。

結局、昨日はトッポの家にもいけなかった。

思い返してみれば、わずか一時間ほどの交わりやった。それでもポニーテールの少女のことは、しっかりと思い出の中に刻みこまれた。

かくれんぼの鬼はいつもさびしい。

身を隠してしまった相手を永遠に追い続けなければならないのだ。

未練がましく、私は昨日と同じ道順をたどった。もしアケミがまだ京都にいるのなら、きっと同じ時刻に私を探しにくる。何度も大通りを行き来したが、彼女だけでなく紙芝居屋のアチャコの姿も見かけなかった。

どうやら運気は下り坂らしい。

しかたなく一筋裏の煙草屋に足をむけた。そこは近縁の京子伯母さんがひらいている店舗だ。昨日はその前で横浜の不良少女に出くわした。

「……おった」

例の黒猫がガラスケースの上で店番をしていた。すると店内にいる半白髪（はんしらが）の京子伯母さんが手招きをした。

義姉なので、いつもおかぁちゃんの相談相手になってくれている。小さな煙草屋を営みながら、民俗学の研究を続けている風変わりな女性だった。

「涼子ちゃん、入っといで。ええもん食べさしたげる」

京子さんは、私が食い意地が張ってるのもちゃんと知っていた。

それにええもんと聞いては後へひけない。黒猫の横をこわごわ通り抜けて店内に入った。横目でじろりとにらまれ、私はひさしぶりに背中を丸めてちぢこまった。

「なに怖がってンのん」

「昨日、さわろうとしたら噛まれかけたし。うちの近所には野良猫なんかいてへんし」

「侘助かて好きで野良してんのとちゃいまっせ」

「えっ、野良やのに名前があるのんか」

私の言葉をすくいとり、京子さんがゆったりと語りだした。

「どしゃ降りの日にな、この子がひょっこりと西陣の町にあらわれた。ずぶ濡れやったし、あまりにも侘びしい姿を見て、三軒隣の花屋のご主人が侘助と名付けたんや」

「名前までさびしすぎるやん」

「そうでもない、侘助とはツバキの花の一種やねんで。咲かす花はちっこいけど、あざやかな紅色やよって茶席では一輪ざしで活けてある。おぼえときや」

ひとくさり講釈をのべたあと、ガラスケースに置いてあるお菓子をさしだした。

「……粟餅やんか」

私はごくりと生つばを飲みこんだ。

たしかにええもんやった。北野天満宮にゆかりのある粟餅は上等で、子供たちが食べる駄菓子ではなかった。

「あんこときな粉。どっちゃでも好きなほうをお食べ」

なかなか決断ができない。きな粉をまぶした粟餅は風味たっぷりだし、こしあんがねっとりからみついた粟餅もすてがたい。

私が迷いぬいていると、京子おばさんが最高の答えをだしてくれた。

「両方食べなさい。そこの爪楊枝を二本使うたら手もよごれへん」

「おおきに。いただきます」

言われたとおり、二本の爪楊枝で粟餅をそぎとった。

手品みたいに、サッとお茶まで出てきた。一日中このせまい空間にすわっているので、手をのばせばとどく所になんでも置いてあるらしい。

「行儀悪う食べるのんがいちばんおいしいねんで」

「うちもそう思う」

私は小皿に付着したアンコを、人差し指ですくってなめた。

「ほっほほ、行儀の悪いこと。盗み食いの得意な侘助と同じや」

近縁の京子さんは笑い流してくれた。

同類意識がわき、手をのばして黒猫をなでようとした。案の定、逆毛を立ててシャーッと威嚇された。

黒猫はいつも不機嫌だった。

「あかん。うちには心をゆるしてへん。それに黒猫は全身真っ黒で表情がよみとれへんから近寄りにくいワ」

「そんなことないえ涼子ちゃん。西洋では黒猫に出会うと不吉の前ぶれと言われてる。そやけど、この京都では昔から吉兆やと伝えられ、黒猫は大事にされてますんや。これもおぼえとき」

「なんでも知ってはるんやね」

妙に納得した。

昨日横須賀の不良少女とめぐり逢ったのは煙草屋の前だった。ここで黒猫にシャーシャー脅されたあと、アケミに声をかけられたのだ。

私とアケミを結びつけたのは、もしかするとアチャコではなく佗助だったのかもしれない。そんな風にも思えてきた。

吉札は西陣のあちこちに転がっているのだ。

こうして物知りの伯母さん、そして不機嫌な黒猫に出会ったからには、今日もよいことばかりが待っているのだろう。

京子さんのブラウスの襟には花の刺繍がしてあった。半白髪だが、ずっと独身なので服装も若々しい。バラ模様のスウェーデン刺繍がとてもよく似合っていた。

お茶を飲みおわり、お礼を言って煙草屋をでた。

からだに糖分がゆきわたったせいか足どりも軽い。脳が働きだして視界がひらけた。夏の午後は長いし、トッポの家を探すための時間はたっぷりとある。

松永町の細道を抜け、最短距離で白梅町をめざした。

ちょうど御前通りまで来た時、舗装路の向こうから小柄な二人の女子中学生たちがやってきた。

歩きながら談笑していたのは、級友の真知子とルミだった。

やはり今日もついている。先日はすっぽかされたが、ここで出会ったことで三人の仲は簡単に修復できると思った。なにせ幼女のときからの遊び仲間だ。あの北野駅跡の廃墟でも一緒に戯れ、いつも大声で笑い合ってきた。

私は小走りに近寄って笑顔をむけた。

「あんたら何してんのん。こんなとこで油を売って」

返事がない。

二人はガラス玉みたいな冷たい目をしていた。これまで見たこともない酷薄な表情だった。約束を破ったことをあやまりもせず、そっぽをむいている。

たじろいだ私は、おもねるように言った。

「どないしたん、二人とも。うちが気にさわることをしたかもしれんけど」

金箔屋の真知子が口をひらいた。

「もうおそい。昔からあんたは自分勝手やったし」

彼女の指摘は正しい。

末っ子の私は、たしかにわがままやった。人が自分のことをどう思っているか。そんなことはまったく気にかけなかった。自分が相手をどう思うか。それだけを判断基準にしている。おもしろいことばかりを夢中で追って、近くにいる人たちに多大な迷惑をかけてきたらしい。そのツケを払う時がやってきたようだ。

真知子が痛いところを突いてくる。

「あんた、なに考えてんの。いっつもジャラ銭鳴らして町をほっつき歩いてるし、悪い子とも平気で付き合(お)うてる」

「悪い子て、しーちゃんのことか」

「へぇーそんな風に呼んでんの。村山静子と仲がええんやね」

「話も合うし、うちら友だちになったんや」

「好きにしたらええやん。ほんま気がしれんワ、置屋暮らしの子と一緒にタローの家(うち)に行くやなんて」

やはりここら一帯の情報網はすごいと思った。私と静子が五番町へと足をのばし、タローの実家を訪れたことは一夜にして知れ渡っていた。

身寄りのない静子が花街の置屋にとじこめられているように、私もまた機織り稼業という曲輪の中で他人の目にさらされているのだ。

少し弱気になり、言い訳じみた口調になった。

「マッチャンとルミが待合場所に来(け)ぇへんかったから……」

「ひどい、わたしらのせいにすんの」

そばにいるルミも仏頂(ぶっちょう)づらで真知子に同調した。

この時になって、彼女たちの気持ちがやっと理解できた。

たしかにクラスの中に除け者(のけもの)がいることで多数派の連帯感はつよまる。裏日本の小浜からやってきた転校生は格好の標的だった。

静子の容姿はあまりにも際立(きわだ)っている。

だから、よけいに女生徒たちの反感をかったのだろう。そして、いつも見当ちがいのことばかりしている私も仲間から省(はぶ)かれたようだ。

その時、パチンッという小さな音が耳奥で聞こえた。きっと腹底に湧(わ)きおこった反発心がふくれあがり、こらえきれずに破裂したのだろう。

昨日の争闘の余韻がまだ心身に宿っていた。アケミの悪影響なのか、私はいつになく荒っぽい声調になった。

「悪いのんはそっちやろ。しーちゃんは大人には反抗するけど、女友だちとの約束はちゃんと守る。陰口ばっかり言うてるあんたらとちごうて真っ正直や」

感情の昂るまま気持ちをぶちまけてしまった。

もう取り返しはつかない。のんびり屋の私は、これまで友だちと言い争いなんかしたことがなかった。けれども思春期になって背丈が急激にのび、頭のてっぺんから重石(おもし)が転げ落ちたのかもしれない。

西陣育ちの娘たちは、みんな負けん気がつよい。

今度は染物屋のルミがしゃしゃり出てきた。そして愛称ではなく、私の名前を呼び捨てにした。

「涼子、すっかり変わってしもたな。態度もデカなって、最近では人を見下すようなことばっかり言うて」

「うちは背が高いからしょうがないやんか」

「勉強もでけへんのに、気色悪い本を読みあさって変な知恵つけて。近ごろは横須賀の女やくざとつるんで、男子学生たちを恐喝してるそうやないの」

「ほっといてんか。うちらの大事な遊び場やった北野駅を、太秦高校の不良たちから取り返しただけや」

「だれもそんな事あんたにたのんでへん。もう絶交や、これからは道で会うても気安う声をかけんといて」

「ええよ。うちもそうするし」

わざとデカい態度で言い返した。

真知子とルミが踵を返して去っていく。一瞬、私は泣きそうになった。女友だちを二人同時に失うのは、やはりきつすぎる。三人組はもともとクラスの中で少数派だ。ここで省かれたら学校での居場所はなくなる。

いや、学校なんてどうでもいい。

すぐにそのことに気づいた。私にとっては、境界線のない西陣の町全体が楽しい遊び場なのだ。その中でさまざまなことを教わってきた。思いがけない出会いにも恵まれ、新たな生き方を植え付けられた。

女同士の友情は付き合いの長さとはつながってへん。

十年来の仲間と些細なことで喧嘩別れし、一方で行きずりの横須賀の不良少女とは深く心で結ばれた。二度と逢うことはないけど、アケミのことは一生忘れないだろう。また流れ者の美少女とも離れがたい親友になれた。かすれた笑い声が発せられるたびに、私と静子は幸せを分かちあえる。

それは、この場で失ったものよりはるかに貴重だと思う。

しーちゃんとつながった縁を大事に育てよう。そうしないと、女同士の細い糸はなにかの拍子にプツンとあっけなく切れてしまう。

女童のころなら喧嘩してもすぐに仲直りできる。でも、思春期になるといったんこじれたらめったに修復できない。あんなに親密でなんでも話せた仲やったのに、たった一度の行きちがいで幼なじみの二人はさっさと遠ざかっていった。

バタバタと不規則な排気音が背後から近づいてくる。

「おい、涼子。どこ行くンや、めずらしゅう神妙な顔して」

安っぽいエンジン音は、思ったとおり父が乗るバタコのものだった。関西人はスクーターもバイクも二輪車は総じてバタコと呼んでいた。

「おとうちゃんこそ何してんのん。昼ごはんも食べに帰らんと」

私の横合いにバタコをとめ、父の芳治が自慢たらしく言った。

「商売繁盛や。今年の夏はやたら暑いよってクーラーがバカ売れしてんねん。電気工事をでける者がおれへんから、ぜんぶわしのところに頼みにきよる。カローラも買ったことやし、今度休みをとって家族四人で九州までドライブ旅行しょ」

「無理やワ。おねぇちゃんは大事な受験勉強があるやんか」

「それやったら、三人でいこ」

同じ血筋なのに、インテリの京子伯母さんとは会話内容が大ちがいだった。仕事と遊びのほかに興味はないらしい。古都の伝統美やしきたりについて、教えてもらったことなど一度もなかった。

おとうちゃんは極楽トンボなのだ。思いつきだけで楽しく毎日を送ってはる。私と同じで、すべていきあたりばったりやった。

これだから生真面目(きまじめ)な姉に嫌われる。久美子ねぇちゃんは、家庭内で父親とは目も合わせなかった。

親子間でも相性があるらしい。いまでも私は父と一緒に散髪屋にも行くし、映画も観に行く。小五までは平気で男湯に入ってた。

しかし姉は昔から母親べったりで、進学の話は中卒の父親とはぜったいにしなかった。いや、ちゃんと中学を卒業しているかどうかも怪しかった。

「仕事は早じまいやし、家まで乗せてったろか」

「バタコの二人乗りはあかんのやろ」

「かめへん。親子やったらポリさんも見逃してくれはる」

「そんなわけあるかいな。それに、うち行くとこあるんや」

そこまで言って、はっと私はひらめいた。

自営業の父は配電から屋根の樋直(といなお)しまで一手にひきうけている。このあたりの家庭にも入りこみ、西陣一帯のことならだれよりも精通していた。それにテレビ好きなので、芸能界のこともけっこうくわしい。

「おとぅちゃん、もしかしてトッポの家を知ってへんか」

「高橋さんの家なら知ってるで。ザ・タイガースのメンバーやろ」

「ちがう。本名は加橋かつみやし」

「それは芸名やがな。そんなことも知らんのか。高橋はありふれた名前やから、たの字をとって加橋にしはったんや」

「えーっ、そこまで知ってたん!」

大当たりだった。

自分のいちばん近くに最高の事情通はいたのだ。

「高橋さんの隣の家にクーラーを設置しにいったことあるしな、よかったらこれから連れてったるワ」

「おとぅちゃん、すごいな」

それよりも侘助の霊験がすごいと思った。

昔から京都人が黒猫を大切にしてきた理由がわかった。こうしておとぅちゃんと出くわしたのも偶然ではない。煙草屋で周辺の気配を探っている侘助が、私たち親子を磁石のように引き合わせたのだろう。

「ほかにも知ってるで、ピーの家もな。本人の家へあがったことはないけど、ご近所さんがぜんぶ言うてしまうから筒抜けや」

「それやったら、うちにも教えてくれときぃな」

「お前がわしに尋ねへんからや。そんなんどうでもええ、早よ乗り」

せかされた私はバタコの後部座席にまたがった。それから長い両腕を父の胴体部分にまきつける。姉がきらう汗まみれの体臭もまったく気にならなかった。

風を切る疾走感につつまれた。急に心が浮き立ち、先ほどのいさかいなど一瞬で吹き飛んでいく。

姉の久美子から伝えられた訓えは短く、たった一つだけ。

『悩んだら負けやで』

女子が京都で生きていくには、それしか方策はないそうだ。熱心な教育係の金言は、大ざっぱな私の性格にぴったりと一致した。じっさい古いしきたりや対人関係のもつれなど、本気で考えたら落ちこむだけやし。

おとぅちゃんの運転は荒っぽい。急発進したバタコは、信号が変わりそうになってい る交差点を一気に突っきった。

落ち着きがなく、一所にじっとしていられない性格だった。初対面の人には、自分は特攻隊帰りやとうそぶいていた。

もちろんハッタリやけど、ぜんぶがウソというわけではない。

戦時中は少年兵として熊本の航空隊に配属されていた。低学歴なので憧れの飛行士にはなれず、整備工として働いてたようだ。そこで電気工事や部品修理を習得し、終戦後には無事に京都へ舞いもどってきた。

母から聞いた話では、日本の青年たちは召集されて戦死した者が多かった。おかげで二十代の男女差がひろがり、『男一人に女はトラック一台分』という有様だった。名門女子高出身の母が、無教養な電気工と結婚したのはそうした社会状況があったからだ。見栄えも学歴も格差のある二人やけど、表面上は仲良う暮らしてはった。

「涼子、しっかりつかまっとけよ」

スピードを増したバタコは白梅町方面へと直進し、下横町(しもよこちょう)を右折して古い家並みの裏道へと走りこんだ。

古い低層住宅が立ちならんでいる。

近くなのに、私にはまったく土地勘がなかった。もし一人で探してたら、トッポ宅を突きとめることはできなかっただろう。

アスファルトで舗装された道に入った。バタコはガソリン臭をまきちらし、人だかりのできた角地で急停車した。

見ると、道をふさいでいるのは若い女の子たちだった。

「おとぅちゃん、ここか。トッポの家」

「いや、ピーの家や」

「なんやのん、頭がごっちゃになる。それに家の表札がちがうやん。ピーの本名は瞳みのるやで」

「それも芸名や。目の瞳やのうて、ほんまの姓は人を見る人見（ひとみ）やねんで。ジュリーの次に人気があるよって連れてきたった。それにしてもえらい騒ぎやな」

「よう知ってンな。あきれてしまうワ」

おとぅちゃんのすることは予測がつかない。

こちらの思惑なんか少しも気にしていなかった。いつも成り行きまかせだ。そこは私とまったく同じやった。でも、まさかトッポをぬかして、ピーの家へたどり着くとは考えもおよばへん。

「どないしたんや、涼子。ピーの家へ顔だしせぇへんのか」

「できるわけないやン」

「せっかく来たのに素通りかいな」

大勢の人をかきのけ、人見家を訪れるなんて考えられなかった。それでは熱心なピーファンに申しわけないと思う。

ここは私のようなジュリーファンが出しゃばる番ではないのだ。

後部座席に乗ったまま声をかけた。

「おとぅちゃん。ピーの自宅はわかったよって、また人の少ないときにくるし。そやからトッポの家へまわってぇな」

「よっしゃ、行くで」

バタコがまた急発進した。

角地で方向転換し、嵐電ぞいの砂利道に入った。二つ目の通りを左にまがると北野中学の校門が見えた。

トッポの家は近いと確信した。アイドル雑誌から仕入れた情報では、ザ・タイガースのメンバーの大半は京都市立北野中学校の同級生なのだ。つまりこの近辺にメンバー宅は散らばっている。

そしてジュリーだけが他国者だった。ファンならだれでも知っているが、鳥取生まれの彼は子供のころに京都へ引っ越してきたらしい。

ほかのメンバーとは、きっと見える風景もちがっていたのだと思う。冷たくきびしい比叡颪(おろし)の下で、孤独な彼の心身はきたえあげられたのだ。

ジュリー一辺倒の妄想はひろがるばかりだった。

私が追い求める理想の男性は孤独でなければならなかった。常識の欠けたまま小説を読みすぎたせいか、そんな風に思いこんでいた。それに、いつも男同士で肩を組んでいる体育会系の連中はむさくるしい。

本当に強い男は、いつも独りぼっちなんや。

北野中学前を通りすぎると、低層家屋がとぎれて白壁の建物が多くなった。あたりの建て売り住宅はしゃれた出窓になっていた。まるでテレビの『ザ・ルーシー・ショー』に出てくる洋館のようだ。

そうした新興住宅地の一画でバタコがとまった。どういうわけかファンの女の子の姿が見当たらなかった。

「おとうちゃん、ほんまにここがトッポの家か」

「見てみ、ちゃんと高橋と書いてあるやろ」

指さす方向の表札には、たしかに【高橋】と記されていた。

「しもた、カメラを持ってきたらよかった。この家の前で記念写真撮れたのに」

一九六四年東京オリンピックの開催に合わせ、小型カメラが各社から発売された。いつも流行りものに目のない父はさっそく手のひらサイズのキヤノンデミを買いこんだ。いつもどおりすぐに飽きて、今は私の所有物みたいになっていた。でも、今回は絶好のシャッターチャンスを逃してしまった。

気落ちした私を、父が軽やかにひろいあげてくれた。

「直接訪ねたらええやないかい。お隣の手塚さんとは知り合いやし、ちょっと話を通してもらうワ」

「やめてぇな、電気工事しただけやのに」

「かめへん、かめへん。そこで待っとき」

父の芳治は腰が軽い。手先も器用なので知りあえばなにかと役に立つ。それに明朗な性格で、すぐに人とうちとけることができる。

とめる間もなく、玄関の呼び出しブザーを押した。

京都の家のほとんどはブザーも呼び鈴も設置していない。見知らぬ他者をこばむことが都人(みやこびと)の美意識の一つになっている。めったに自宅の敷居をまたがせなかった。一流料亭だけでなく、一般家庭の者たちまでが『一見(いちげん)さんお断り』だった。

西陣の人たちは気風がちがうらしい。

住民たちは織物産業で結びついているので連絡が密だった。案内も乞わず、平気で他人の家へあがりこむ。

呉服屋の次男坊として育った父は、とくにその傾向がつよかった。

「この前設置したクーラーのあんばいはどないですか。もちろん無料点検ですし」

口達者なおとうちゃんは、応対に出てきた手塚さんにうまくとりいった。修理点検を撒き餌(まきえ)にして、お隣の高橋さん家族を紹介してもらう腹づもりのようだ。

そのまま家の中に入り、七、八分ほどしてから一緒に出てきた。そして、ぼぅーっと突っ立っている私を手塚家の奥さんに紹介した。

「これが娘の涼子です。背が高いよってびっくりしましたやろ。まだ中学二年ですねん。二十歳になったらきっと二メートルを超えてしまいますワ」

使い古しの話で笑いをとり、強引に私を奥さんに引き合わせた。

「ええか涼子。ここで別れるよって、あとは手塚さんに連れてってもらい」

「えっ、どうゆうこと？」

「そうゆうこっちゃ」

禅問答のような返事をし、おとぅちゃんはバタコに乗って走り去った。とり残された私は、しかたなく背中を丸めて深ぶかとお辞儀した。

「無理なお願いをしてすみません」

「気にせんとき、お宅のおとぅさんには色々と手伝(てつど)うてもろてるし。それに高橋さんとこはファンを大事にしはるから」

そう言って、隣接するトッポの家の扉をたたいた。

「手塚です。高橋さん、あけとくれやすな。かつみちゃんのファンが来てますのんで、ちょっと会(お)うてやってください」

扉ごしに用件を伝えると、あっさり解錠された。ちゃんとした紹介者さえいれば、西陣界隈ならどこの家でも迎え入れてくれる。

トッポによく似た上品な中年女性が玄関口に出てきた。

「涼子ちゃん。このお方がトッポのママやし。家の中を見せてもろたら、長居せんとすぐに帰らなあかんえ」

ご近所さんから『ママ』と呼ばれている人に初めて出会った。

私はぎこちなく返事をした。

「はい、すぐに帰りますよって」

「ほな、高橋さん失礼します」

軽く会釈し、手塚さんはさっさと自宅へもどっていった。

「さ、入りなさい。遠慮はいらへんから」

トッポのママも気さくな人で、笑いながら自宅に招き入れてくれた。

ここでもまた、私はバトンのように次の人にリレーされてしまった。たよる相手がめまぐるしく変わって息もつけなかった。

だが物事がうまく進んでいることは明白だった。わずか三日でメンバー三人の実家を見つけだし、そのうち二人は家の中まで入りこめた。幸運を通りこし、ザ・タイガースのファンからすれば奇跡に近い出来事だろう。

もしかすると、これはアチャコや黒猫の霊験ではなく、やはり私自身になんらかの能力があると思えてきた。現に児童公園の子供たちが探し求めた『ヒマラヤの魔王』も、ついに私がその真の姿を見つけだしたのだ。

大人からみればまったくバカげた話やろけど、脈絡のない二件の捜索はきっと裏でつながってる。いまは何の手掛かりもないが、たずねあぐねているジュリーの家もかならず発見できるだろう。

成功体験が重なり、私の夢想はとめどなく拡散していく。

「散らかりっぱなしやけど……」

トッポのママが迎え入れの常套句を口にした。

ひらかれた扉から中に入ると、絨毯の敷かれた廊下に可愛い女物のスリッパが並んでいた。やはりトッポもめったに実家へは帰ってこないようだ。

高橋家は女だけの空間だった。

下駄箱の上の花瓶には、夏花のダリアが活けてある。私はスリッパをかりて出窓のある洋間に入った。手塚さんの言葉どおり、トッポのママはファンを大事にする人らしい。笑顔をたやさず応対してくれている。

「ゆっくりしていきなさい。うちの息子もファンのあなたたちに支えられてるのだから」

「そんなことあらしません……」

「ちょっと待ってて、紅茶をいれてくるから」

やさしく言って、トッポのママはキッチンへとむかった。

部屋の装飾が気になって室内を見まわした。

丸テーブルにかけられた白いレースの上にはアイドル誌が何冊ものっていた。もちろん表紙はぜんぶザ・タイガースで、どれもトッポが真ん中で映っているものばかり。あけっぴろげな身内びいきが微笑ましかった。

トッポの子供時代の家族写真も、いたるところに飾られている。どんなに親に愛されて育ったかがわかる。はにかんだような少年の笑顔が愛らしかった。

木椅子には肘掛けがついていた。窓辺には白いレースのカーテン。敷き詰められた真紅のペルシャ絨毯。食器棚の中には紅茶茶碗やワイングラスがきれいにならんでいる。室内に漂う匂いが清々しい。

本当に散らかりっぱなしなのは石井家だった。

おとうちゃんは、わが家は中流家庭だと言っている。三種の神器もそろっていて、私もそうだと信じこんでいた。だがそれは思い上がりだったようだ。

いたたまれなくなった。

手塚さんに注意されるまでもなく、清潔なトッポの家に長居などできそうもない。

ふと、トッポと呼ばれていた横須賀の不良少女のことを思いだした。アケミがこの場にいたなら、どんな態度をとるのだろう。あのきつい三白眼で、トッポのママをにらみつけるかもしれない。なんでも否定する彼女ならやりかねなかった。

あふれる気持ちがアケミに移ってしまった。

けれども、昨日の一件をだれにも話すつもりはない。わたしにとっては何よりも大切な思い出だ。ポニーテールの少女のことは、ずっと心の中に秘めておこうと思った。

五分足らずでトッポの家をあとにした。

良い人ばかりに会うと逆に疲れてしまう。どこかに傷のある相手でないと気持ちが休まらない。

該当するのは村山静子しかいなかった。

会いたくてたまらなくなった。かってに歌舞練場のお稽古を休んだことで、置屋の女将さんから折檻（せっかん）されているかもしれない。静子は意地っぱりだし、先輩のおねぇさんがたにハタかれたのではないだろうか。

しきりに不安がつのる。

そのうち自分でもおかしいと感じた。こうして男性アイドル宅をめぐっているのに、脳裏にちらつくのは同性の異端児ばかりだった。なぜか反抗心に身をこがす不良っぽい少女らに惹かれてしまう。

やはり中二の夏は大人への端境期（はざかいき）なのかもしれない。

体つきは大きく変化したが、女の子だけで遊ぶ楽しさをひきずっている。校則にしばられている女子中学生でなく、やんちゃで一緒に悪戯（わるさ）ができる相手がほしかった。

バタコで来た道を一人で引き返した。ちょうど北野中学の校門前にさしかかった時、ユニホーム姿の野球部員たちに出くわした。

まずいことに西陣中学校の連中やった。

直線の通学路には身をかくす場所がない。先頭を歩いている野球部顧問の高田先生と目が合ってしまった。

「おぅ、石井じゃないか。そんなに野球が好きやったんか。ありがとな、今日は応援に来てくれて。長身のおまえが男なら、西陣中学のピッチャーとしてスカウトするのにな」

「みんながんばってはりますね」

思いちがいをしている相手にのっかり、私は作り笑いを浮かべた。熱血指導の青年教師が歩をとめ、本日の対戦結果をのべた。

「8対0でボロ負けしたけど、練習試合やよってかめへん。秋の本戦では北野中学をこてんぱんやっつけるから観戦に来てくれ」

「期待してます。ほな……」

一礼して高田先生の横を通りすぎた。

ヘタクソな少年野球なんか観にいくわけがない。それに西陣中学校の野球部員はガラが悪く、女生徒たちのスカートめくりの常習犯だった。

でも、私だけが例外らしい。

かれらより十センチ以上も背が高いので圧迫感があるようだ。『怪物』という最悪のあだ名をつけられ、学校でもちょっかいをだす者はいなかった。男子生徒たちからは初めから省かれてた。

今日もおびえたように目を伏せて道脇を通っていく。泥まみれのユニホームがコールドゲームの惨敗を物語っていた。部員たちより少し遅れて、エースピッチャーの遠山省吾（とおやましょうご）が悠然と進んでくる。

よくもまぁ道の真ん中を堂々と歩けるな。

八点もとられてはエース失格やろ。

省吾は同じ町内の和菓子屋の息子で、幼稚園からずっと同じクラスだった。背丈も一八〇センチ近くあり、私と対等な目線で話せる唯一の男子生徒だ。

彼も長身なので投手をまかされたらしい。だが球速はハエがとまるほど遅く、コントロールも悪かった。

負けぐせがついているので、省吾が平気な顔で話しかけてきた。

「涼子、なにしとンや」

「気にせんとき。ただの通りすがりやし」

「おー怖（こわ）。もうおまえにはだれも近づけんワ。その大きなポケットの中に飛び出しナイフまで隠し持ってるしな」

「無茶言わんとき！　高田先生に聞こえたらどうすんの」

私はまたも声を荒らげてしまった。

部員たちがふりかえったが、大らかな性格の省吾はまったく気にしていなかった。日焼けした真っ黒な顔の中で白い歯がむきだしになっている。子供のころから口喧嘩ばかりしてきたので、何を言ってもかまわないと思いこんでいる風だ。

「どないもこないも無茶なんはおまえやろ。太秦高校の学生たちを北野駅でシバきあげたと評判になってるぞ」

「そんなこともあったけど……」

「ほらみぃ、おれの目に狂いはないねん」

「省吾、あんたの目はいっつも節穴やんか」

「よう聞けよ。横須賀からやってきた女やくざにナイフで刺されかけた連中は、怖すぎてもう町も歩けへんらしい。それより怖かったんは一緒におった一九〇センチ超えの大女やて。水色のでっかいワンピースを着て、ポケットの中の銅貨をジャラジャラ鳴らしてる者（もん）は、涼子、おまえしかおれへん」

犯人を断定した省吾はとても愉快そうだった。

どうやら、こんなところで惨敗の鬱憤（うっぷん）を晴らしているらしい。

男子生徒の間でも『横須賀の女やくざとジャラ銭の大女』の噂はひろまっているようだ。連中の話に出てきた大女はまさしく怪物だろう。背高のっぽの私より二〇センチも巨大になってる。

他の部員たちが道端を歩いていた理由がやっとわかった。噂を信じこみ、恐ろしい怪物と目を合わせないようにしているようだ。

「うちのことほっといてんか。省吾、そこ退き」

「どうせ帰り道は同じやんけ。忘れてもうたんか、昔は二人で仲良う手をつないで帰宅してたやろ」

「いつの話。幼稚園のころやん」

「とにかく今日は一緒に帰ろ。ほら、そこの角の店でかき氷おごったるから。ちょっと話したいこともあるしな」

ピッチャーマウンドではびくついているくせに、今は妙に強気だった。怪物をあやつれるのは、自分一人だけだと部員たちに見せつけたいのかもしれへん。

幼なじみの省吾は、私の弱点を見切っていた。

色気はないが、食い気はたっぷりとある。年ごろになっても、私の根幹は何一つ変わっていなかった。

「わかった。行こ」

即決した私は、自分から先にソース臭い小店に入った。

三坪ほどのタコ焼き店だが、夏場は下校時の生徒をねらってかき氷も売っているらしい。だが夏休み中なので、店内にいる客は私たちだけだった。

なかば嫌がらせで、私はいちばん高い宇治金時のかき氷を注文した。

「ほんま無茶しよるな、涼子。少しは遠慮せぇや。金が足らんし、おれはラムネしか飲まれへんやん」

「ケチくさいな、あんたがおごると言うからついてきたんや。話ってなに」

「やっぱし気になるんやな」

「食べるついでに聞いとくだけ」

「……おれの進路や」

思わせぶりに言って、省吾はラムネをポンッとあけた。

彼の進路など、私は一度も考えたことがない。

「おれな、平安高校へ行こうと思ってンねん」

そっくりかえって話しだした。

平安高校は京都の野球強豪高だ。甲子園大会に何度も出場していて、球児たちにとっては聖なる拠点だった。

かき氷をスプーンでかきまぜながら私は聞き流していた。省吾の自慢はとめどなかった。ついには鼻の穴を大きくふくらませて決意をのべた。

「涼子、お前にだけ伝えとく。おれ平安高校出身の衣笠(きぬがさ)さんのあとを追って、広島カープに入団する」

　私は思わず口をはさんだ。

「待ちぃな。あんた阪神の大ファンやったやんか」

「阪神の話はいったん置いといて、おれの話すことをしっかり聞いてくれ。小六の時、下校時におまえはおれにこう言うたよな。『お饅頭屋(まんじゅうや)はんのお嫁になりたい』って。その願いを聞き入れたってもええ」

「えっ、どういうこと」

　幼稚な愛の暴投に嫌悪感すらおぼえた。

「なんも照れることないやろ。つまりそれは、お菓子屋の跡継ぎ息子のおれに対する逆プロポーズや。あれからずっと考えてたんや。プロ野球選手の嫁になってまうかもしれんけど、それでもかめへんか」

　あっけにとられ、私は小さなスプーンを握りしめた。

　たしかにお饅頭屋さんに嫁入りするのが幼いころの私の夢やった。それは省吾の嫁になることと断じて同じではない。でも省吾は、なんと二年間も勘ちがいしたまま、私からの逆プロポーズについて熟考していたらしい。

「昨日の不良退治の武勇伝を聞いて決心したんや。おれな、昔から大きゅうて強い女が好っきやねん」

「アホか。うち昔はちっこかったやんか。喧嘩で人をなぐったこともないし」

「嫁はんが長身やと子供も大きいねんて。おれとおまえが一緒になったら、すごい子が生まれるやろし」

のうのうと子づくりの話までもちだしてきた。

野球バカは手がつけられない。

とくにピッチャーは自分勝手だ。省吾はラムネを飲みほし、下品なゲップをもらした。それから妙に二枚目ぶって言いきった。

「とにかく、俺の言いたいことはそれだけや。ほなまたな」

省吾の言いたいことは、だれの共感も得られへん。その上、忘れ物の多い劣等生はお金も払わずに店から出ていってしまった。

これだから男子と関わるのは嫌なのだ。

いつも粗暴で思いこみが激しく、まともに女子と会話できない。男たちの話すことは、九割がた自慢話に決まっている。

かってに告白して、省吾は意気揚々と立ち去った。

ザ・タイガースが歌う『シー・シー・シー』の歌詞のように、愛のピエロが数えた愛の心は、まったく私の心には伝わらなかった。

　しかも未来への展望は穴だらけやった。弱肩の投手なんかプロ野球に一人もいないし、そもそも名門平安高校へ合格できるとも思えなかった。

　ザ・タイガースのメンバーは例外として、京都の男はみんな軟弱だ。だから強い女に惹かれるのだろう。『京女』はあっても、『京男』という言葉そのものが存在しない。

　そして、私が憧憬するジュリーは群れをきらう孤独な他国者（よそもの）なのだ。

　ジャラ銭で支払いをすませて店をでた。

　急に陽が翳（かげ）ってパラパラと雨が降りだした。いったん事態が悪化すると押し返せない。無遠慮な男たちが持ちこんでくるのは厄介事（やっかいごと）ばかりだった。黒猫の霊験も、天然の野球バカには太刀打ちできないようだ。

　高空を見やると黒い雲が迫っている。北山しぐれは雨脚（あまあし）が早い。たちまち大粒の雨に変化してどしゃぶりとなった。

　侘びしい野良猫みたいに、私はずぶ濡れになりながら通学路を大股で歩いていった。

六章　銀河のロマンス

夏風邪にやられてしまった。

微熱があって咳がとまらへん。やはり省吾は疫病神だ。彼に出会ったおかげで道草を食い、北山しぐれの黒雲に追いつかれた。ずぶ濡れで帰宅した私は、三年ぶりに高熱を発して寝床にもぐりこんだ。

熱にうなされて見た夢はジュリーが歌い踊る姿だった。なかば眠りながらも、私は一心に声援を送っていた。

障子のひらく音がした。薄目をあけると、姉の久美子が枕元で笑っていた。

「よかったな涼子。うまいこと知恵熱だして」

「……なんの話」

「黒崎先生が来てはるけど、病気やったら勉強でけへんわな。代わりにわたしが午前中に数学を習といた」

「おおきに。おねぇちゃん」

甘え声をだして姉の手をにぎった。つくづく風邪をひいてよかったと思う。勉強をせずにすむのなら右手ぐらい骨折してもかまわない。あれほど憎らしかった省吾のことも良い奴にみえてくる。

姉が大きく背伸びした。

「あーあ、またお昼から黒崎先生と間近で顔を合わせるなんてきつすぎるワ」

「えっ、まだ居てはんの。帰ったんとちがうのん」

「おかぁさんが甘やかすよって、いまも下で昼ごはん食べてはる。東京の男は心臓がつよすぎると思えへんか」

「うん、うちもそう思う」

姉妹仲がいいので、姉の言うことには相槌をうつ習慣がついていた。

「そら京都では京大生がちやほやされるけど、ほんまに頭がよかったら地元の東京大学へいったはずや。あの人、頭かたすぎるで。数学の問題を出してきても、わたしがじっくり考えてると、得意げに先に自分で解いてしまいはる。教えかたがヘタすぎるワ」

いつものように姉の毒舌が火を噴いた。

父親ぎらいが昂じて、最近では若い男たちに対しても辛辣になってきている。このまいけば、本物のいけずな京女として完成するだろう。

夏場なので衣服はすぐに乾く。

むっくり起き上がった私は、洗濯したての青いワンピースに着替えた。ジャラ銭もポッケに流しこむ。そして姉が喜びそうな疑問点をぶつけてあげた。

「あの人、京都でなにがしたいんやろ」

「そこやねん、わたしが気に入らんのは。ぜんぶ自分からしゃべらはったんやけど、社会正義にめざめて政治運動に青春のすべてをかけてるんやて。言うことが大げさすぎるワ。ベ平連のデモに参加したら警察に捕まってしもて、それが原因で東京の父親から勘当されたらしい」

「意味がわからへんな。そんな大事なこと、なんで初めて会うたおねぇちゃんに伝えたんやろか」

もちろん理由はわかっていたが、姉の口から彼の心情を聞いてみたかった。

「決まってる。わたしの同情をひきたいからでしょ」

「うちもそう思う」

姉妹でぴったりと意見は一致した。

「まじめくさった顔で世界平和を口にする男なんか信用でけへん。聞いてるこっちが恥ずかしなってくる」

「そやな。信用でけへん」

「涼子、ええかげんにしぃや。あんたには自分の意見がないのんか。なんでもかんでもわたしの言うことにのっかって」

「反対したかて、どうせおねぇちゃんに言い負かされるやん。ベロベロベーや」

おどけてベロを出し、そのまま階段を下りていった。

障子の隙間から、熱心におかぁちゃんと話しこむ黒崎修一郎の後ろ姿が見えた。私は咳をこらえ、そっと運動靴を履いて裏通りに出た。

微熱があるので、いつものような大股で歩きだせない。なにが目的で外出したのかもはっきりしなかった。気力もとぼしい。親しかったルミたちに絶交を告げられたことが、やはり相当のダメージになっているようだ。

夏風邪に罹(かか)って、半日寝込んだ。そのため女だけの冒険旅行はいったん休止となってしまった。

リーダーたる者が、こんな体たらくではいけない。

私は自分を鼓舞して大股で歩きだす。

すでに西陣界隈のメンバー宅は全員探り当てた。そこは私のテリトリーやし、肉親知人の協力を得てすべてがうまく運んだ。そやけどジュリーとサリーは地区外なので、やはり捜索はむずかしい。

決定事項とまではいかないが、サリーの住居は疏水の近くだと静子が言っていた。最も知りたいジュリーについては何も有力情報がなかった。

私の読みではサリーと同じ加茂川の対岸にあると思う。

仲間が三人集まれば、なぜかしら二対一に分かれることが多い。五人の場合は三対二。女生徒たちの場合はたいがいそうなる。

テレビで流れるザ・タイガースの演奏を見ていて、ジュリーとサリーの親密ぶりが察せられた。メンバー三人は西陣に在住している。残る二人はきっと北白川(きたしらかわ)界隈で身を寄せ合っているにちがいない。

根拠は紙っぺらよりも薄いけど、私は自分の直感を信じることにした。千里眼の千鶴子さまの孫娘には、それ相応の能力がそなわっているはずだ。

ぼんやり突っ立っていると、配送の小型トラックが裏道に入ってきた。

石井家の玄関戸は上半分がすりガラスになっていて、軒先に屋号が吊(つ)るされている。この名札があると、連絡をとらなくても配送トラックが止まってくれる。なぜならそれは西陣の織物関係の仕事をしている商家の証(あかし)なのだ。古くからの共同体の中で、その日のうちに届く便利な宅配システムを私たち住民は重宝していた。

顔見知りの配送員が、軽トラの運転席から小荷物を手渡してくれた。

「受け取りのサインだけ書いといて」

「うちのサインでええのんか」

「宛名を見てみ。ちゃんと石井涼子様と記されてるやろ」

「あ、ほんまや」

へたくそな金釘流の文字に見覚えがあった。

差し出し人欄に目を移すと、やはり遠山省吾だった。天然の野球バカは、いったい何を送ってきたんやろ。きっとろくでもないガラクタ品だろう

配達のおじさんに受け取りのサインを渡した。軒陰で配達物の包装紙をビリビリと破りすてた。

箱の中身は【遠山和菓子店】の清涼和菓子セットだった。

理にかなった贈答品や。これなら省吾は自腹を切らなくてすむし、受け取った相手も目をほそめる。そして何より『お饅頭屋はんのところへ嫁入りしたい』という私の幼い夢の一端が叶えられる。

事実そうなった。

甘いものに飢えていた私は、箱詰めの夏菓子を次々と口に入れた。つるんとした水羊羹の食感がのどを潤し、ひんやりした葛餅の涼感が胃袋を爽やかにしてくれた。三個食べたところで、ハッと自分の失策に気づいた。プレゼントを受け取れば、愛のピエロの求愛を受け入れたことになってしまう。

私はあわてて清涼和菓子セットの箱にフタをした。

めんどくさかったが、近場の遠山和菓子店まで行って勝手口から声をかけた。

「省吾君、居てたらこっちに出てきて」

いつもは呼び捨てだが、ご両親に聞かれたらまずいので君付けにした。割烹着の母親がすぐに勝手口をあけてくれはった。ご近所だし、子供のころから可愛がってもらってる。

「どないしたん、涼子ちゃん。省吾は野球部の練習に行ってるけど」

「これ省吾君に返しといてくれますか」

「和菓子セットやないの。こまったやっちゃ、店の売り物をかってに涼子ちゃんに送りつけてからに」

「箱をあけてみたら、おいしそうやったから夢中で三個ほど食べてしまいました。すみません、弁償します」

ポケットのジャラ銭を両手でさぐってると、遠山のおばさんが笑いだした。

「ええから、そのままもろといて。省吾は昔から涼子ちゃんと遊んでたからプレゼントしたんやろ。お誕生日かなんかで」

「うちの誕生日は一月一日ですよって。ほんまは大みそかに生まれたらしいけど、翌日のおめでたい元日に変えたと、父が言うてました」

「そうやったん。省吾も色気づいてしもて、こっちこそ迷惑かけてごめんね」

「ほんなら返しにきたことだけ省吾君に伝えといてください」

「涼子ちゃん、それにしても大きなったな。その背丈やったら、うちの息子とちょうど釣り合う。性格もよう似てるし、これからも仲良う付き合うたってや」

お饅頭を夢中で三個も食べてしまったことが、逆に好印象をあたえたようだ。二人の背丈も合っているし、もしかすると遠山和菓子店の嫁候補として私を見ているのかもしれなかった。

完全に藪蛇やった。

和菓子セットを返しにきたことで省吾の母親までまきこんでしまった。今日は出だしから絶不調だ。緊張したせいか咳がとまったのが唯一の救いだった。

本日の幸運を呼び寄せるには、やはりアチャコと遭遇するしかない。今夜は町内の盆踊りが児童公園であるし、そこが狙い目だと思った。

私は菓子箱を横抱きにした。箱詰めの夏菓子は形がくずれてしまうだろうが、ぜんぶ自分が食べるつもりなのでかまわない。遠山のおばさんが言っていたように、たしかに私は省吾と性格が似ていて粗雑だった。

ともかく行き場所だけは決まった。

今出川通りぞいの西陣警察署を左折し、ゆっくりとした足取りで児童公園へとむかう。祭のやぐらは建っているが、陽差しがつよすぎる時間帯なので公園内に子供たちの姿はなかった。

一人だけ、木陰のベンチで麦わら帽子の少女が漫画本を読んでいる。そして私を見とめると大きく手をふった。

「りょーちゃん、こっちこっち」

声を聞いてやっとわかった。いつも大きな丸メガネをかけているので、裸眼の好恵を見るのは初めてだった。

「よっちゃんかいな。メガネを外してたら遠目ではわからへん」

「もう丸メガネはかけへん。昨日松竹芸能の歌謡番組オーディションに行ったら、審査員に女漫才師志望にまちがわれてしもてん」

「おもろ。それで結果は」

「落選や。どこにでもある平凡な丸顔やよって芸能界は無理かもしれへん」

すっかり落ちこんでいる好恵に、私はすぐさま当確の二文字をあたえた。

「優勝」

「えっ、なにが」

「ハイ、今日の冒険旅行の連れはよっちゃんに決まりました。これは優勝賞品」

菓子箱ごと好恵に贈呈した。

機転のきく好恵がうやうやしく受け取った。

「大会委員長、ありがとうございます」

「さ、気分転換や。ここで会うたのも何かの引き合わせやし、これから二人でサリーの家を探しにいこ」

「そんなん急すぎる。おとうちゃんのお昼の弁当を渡しに来ただけやのに」

「いつ来はるかわからへんし、お弁当はベンチに置いとき。よっちゃん行くで」

「そやな、行こか」

呼吸がぴったりと合った。

やはりアチャコの娘は間拍子がいい。会話が軽快で、人を楽しませるコツをつかんでいる。審査員が言うように女漫才師なら大成功するだろうと思った。

好恵は無造作に弁当箱を日陰のベンチに置いて立ち上がった。

だれかに盗られることはない。西陣一帯の防犯は完ぺきやし。祖先の代から住人たちはしっかりと結びついていて、コソ泥が入りこむ隙などなかった。それに西陣警察署の近くなので安心だった。

古くさい親の教えを、私はいまも憶えている。

物を盗んだり、ウソをついたら、『千本ゑんま堂の閻魔さんに舌をぬかれる』としつこく脅された。身におぼえのある私は、ゑんま堂の前を通るたびに『もうウソはつかへんから舌を抜かんといて』と必死におがんでいた。

好恵が歩きながら夏菓子を食べはじめた。

「おいしいな、この水羊羹。形はくずれてるけど味はくずれてへん」

「同級生の饅頭屋の息子からもろてん」

「ええなぁ、付き合うてんの。それやったらお菓子食べ放題やんか」

心からうらやましそうに言った。おませで小生意気だが、私と同じで食い気がまさっているようだ。

「あんなアホ、相手にできひん。うちが好きなんはジュリーだけ」

「それでいちばん最後まで残してるんやね」

「よっちゃん、あんたが言うたんやで。おいしいもんは最後まで取っときて」

「ということは、他のメンバーの家は見つけたんや」

「正解ッ」

私は気分よくこたえた。

思い返してもうまくやったと思う。

夏休みの冒険旅行のスタートダッシュは目を見張るものがあった。未成年だし外泊は禁じられている。かならず晩ごはんまでには帰宅するという変則的な旅の日程だが、その中で私は最善をつくした。

ひとくさり手柄話をすると、年下の好恵が唇をとんがらせた。

「ずるいわ、自分だけピーの家に行ったり、トッポの家に上がりこんで。なんで誘ってくれへんかったン」

「あんたは大事なオーディションがあったんやろ」

「そやった。あ、なんか足らへんと思てたら、しーちゃんのこと忘れてた」

たしかに今回は仲間の静子が欠けている。二人でもめている場合ではない。気ままに動き回れる私たちとちがって、静子には自由時間がなかった。

「上七軒まで行って誘ってみよか」

「そうしょ、うちら三人は冒険旅行の仲間やし」

「きっと楽しさも三倍になるし」

盛り上がったが、同行するのは無理だろう。けれども仲間として誘ったという気持ちは静子に伝わるはずや。

横道から今出川通りにもどり、路面電車の線路を走って渡った。

よっちゃんに出会って流れが変わった気がする。好調をとりもどし、日帰り冒険旅行が順調に運びだした。

アチャコという守護神の代わりに、直系の好恵が同行者になってくれた。多弁で話し相手として気楽だし、とっさの判断力は年上の私よりすぐれている。

「りょーちゃん、天神さんを抜けてったほうが上七軒には早よつくで」

「うん。そのほうが早いかも」

「リーダーにまかせますよって」

北野天満宮の鳥居前までくると、いつものように白衣の傷痍軍人さんが小さな募金箱を胸に下げていた。そのかたわらで、義足のアコーディオン弾きが哀傷に満ちた軍歌を奏でている。

平日はだれも寄ってこない。

しかし八月十五日の終戦記念日になると募金箱は紙幣で埋めつくされる。うちのおとぅちゃんも気前よく千円札を押しこんでいた。そしてかならず『わしも敵のグラマン戦闘機の機銃掃射でやられたんや』と言って、左上腕部の鉄砲傷を傷痍軍人さんに見せつけるのだった。

もちろんかすり傷やった。

だが、辛口の姉に言わせれば『石井芳治には反戦思想のかけらもない』らしい。太平洋戦争の大惨劇も、昭和元年生まれのおとぅちゃんはのほほんと受け流したようだ。

それどころか最良の記憶に塗り替えていた。

今回持ちだした九州へのドライブ旅行もその一つだ。戦時中にお世話になった熊本の農家の人々と再会するのが主目的だった。

日本人全員が飢餓状態のなかで、私と同じ腹へらしの父は、持ち前の愛嬌をふりまいて航空隊近くの農家でうまい飯をたらふく食っていた。戦地から太って帰って来たのは石井芳治だけだと近所の親戚が話していた。

京都人でありながら、うちのおとぅちゃんは美意識に欠けたふつうの庶民だった。だからこそ私は石井芳治が好ましい。賢明な姉の意見にさからう気持ちはないが、少年整備兵だったおとぅちゃんこそ反戦思想のかたまりだと思う。

境内の生い茂った樹木が、北野天満宮ぞいの横道に大きな影を落としていた。

小路ぜんぶが黒っぽく染まり、ひんやりとした霊気が漂っている。歩みをとめたよっちゃんがぶるっと身震いした。

私も立ちどまって両の拳をつよく握りしめた。じつは幼いころから、これまで幾度となくこの場所で霊体験をしてきた。

まぎれもなく、ここは無念の地だった。はるか昔、高官の菅原道真公は無実の罪で遠い九州へと流され、京の都を偲びながら大宰府で亡くなった。その怨霊は高空を飛び、落雷となって都に災害をもたらした。祟りを恐れた朝廷は、北野の地に道真公を祀る社殿を造営したという。

つまり北野天満宮の祖神はいつも怒っていらっしゃるのだ。道義に反したことをすれば、たちまち祟られる。

こうした話は小学生でも知っていた。

「しもた、境内でお参りせずに天神さんの細道を通ったらあかんねん」

「そやったな。りょーちゃん本殿まで引き返そか」

「もうおそい。前だけ見てまっすぐいこ」

「手を離さんといてや」

おませな好恵が初めて年上の私にすがった。

末っ子なので、こうして頼られると無性に嬉しい。私は好恵の手をとり、胸を張って天神さんの細道を闊歩(かっぽ)した。

これもまた日帰り冒険旅行のひとこまだ。そう思いこもうとしたが、長くは持続できない。

前から来る人もうしろから来る人もいなかった。真夏なのに、周辺には冷たい霊気が渦巻いていた。

右辺にはお寺の壁が連なっていて圧迫感がある。汚れた白壁に映った影が奇怪な形になって次々と浮き上がってくる。樹木に隠れたカラスが不吉な啼き声(なきごえ)をあげるたびに、私たち二人は身をすくませた。

天神さんの細道は行きも帰りも怖い。

歩きだそうとすると、ふいに耳奥で野太い声が響いた。

おまえは何者だ。

私にだけ聞こえてくるらしく、そばの好恵は反応しない。いつもなら走って逃げるのだが、今回は年下の女友だちを守るため必死に抵抗した。

闇の力は強烈だった。全身が冷たい霊気につつまれた。そして押しかぶせるように、また同じ言葉が発せられた。

おまえは何者なのだ。

私は武者ぶるいし、勇気をふりしぼる。そして丸めていた背筋をしゃんと伸ばした。

何者でもない、うちはうちや。

負けずに心の中でそうこたえた。

あたりを覆っていた霊気が一瞬で砕け散った。どうやら私の決めぜりふは、道義にそった文言だったらしい。

明るい夏の陽差しが頭上に降りそそぎ、周辺の生活音が聞こえてきた。

「今や。よっちゃん、行くで」

好恵を励まし、私たちは暗い木陰の細道を駆けぬけた。

明るい大通りまで出て、二人は大きく深呼吸した。なにか巨大な魔物を退治したような気分だった。

「りょーちゃん、やったな。あんたの念力で悪霊を追い払ったやんか」

「けっして悪い霊やないよ。勉強ぎらいなうちらを、北野の天神さんが子供やと思うてちょっかいだしはっただけや」

「無茶しはるなぁ、学問の神様は」

「もう怖いもんなんかあらへん」

これで闇をはねのける大人への通過儀式は終わったのだ。なにかにつけてキャーキャー恐れ慄くのはみっともない。いっぱしの女子として、子供じみた泣き言をもらすまいと誓った。

これから先、二度と暗い道で足がすくむことはないだろう。

偉い天神さんとはちゃんと折り合いをつけた。学校でみんなに省かれたとしても平気やし、先生に叱られても余裕をもって受け流せる気がした。

それどころか、妙に頭もさえてきた。

子供らを嚇すいたずら好きな魔物をやっつけたことで、なにかしらの霊力をさずかったのかもしれない。すべては氏神様たる北野天満宮のお力にちがいない。

私は年下の女友だちを引き連れ、意気揚々と花街の大通りを進んでいった。

上七軒の置屋を訪ねたが、あいにく静子は祇園のお座敷に呼ばれていた。よそから声がかかるほど、静子の美麗な舞妓姿は評判になっているらしい。

応対に出てきた女の人が憎々しげに言った。

「どもならんわ、あの娘。ちょっと容姿がええし、女将さんも特別あつかいするもんやから女天狗になってる」

思いがけない悪口に私たちはたじろいだ。予想に反し、置屋に静子の居場所はなさそうだった。

相手が年上でも、ここで言い負けてはいけない。

長身の私は顔色を変えず、一歩前に出て相手を見下ろした。そしてくわえ煙草の芸妓さんに言伝をたのんだ。

「しーちゃんに会いにきたと伝えてください。それと今晩、町内の盆踊りが西陣警察署横の児童公園であるよって、時間がとれたら顔を見せてと」

「わかった、ちゃんと伝えとくさかい」

「おおきに、おねぇさん」

「一つだけ尋ねてええか」

「はい、うちらが知ってることなら」

「田舎からやってきた静子は片意地やし、あてらの言うことになんでも反発しよる。大切なお稽古も平気でさぼるしな。たぶん学校でも生意気なんやろ」

お座敷のかからないおねぇさんの額には深い縦じわがきざまれている。

それに静子と呼び捨てだった。愛称で『しーちゃん』とは呼ばれてはいなかった。あきらかにおねぇさんがたに疎まれていた。

北野の上七軒に舞い降りた美少女は、売れない芸妓さんにとっては邪魔者なのだろう。

私は自分の考えをすなおに言葉にした。

「しーちゃんは頭もええし、顔もきれいやし、学校でいちばんの人気者です。私もここにいるよっちゃんも大好きなんですよ。そやな、よっちゃん」

そばの好恵が特等の可愛い声で同意した。

「うん、大好き」

「ああ、そうかいな。あんたらあの娘と付き合うてたら、いずれ痛い目みるだけやで」

背をむけたおねぇさんが勝手口の戸をぴしゃりと閉めた。気分が悪かった。しーちゃんはこんな仕打ちを毎日うけているのだ。

来た道をさけて千本通りへと向かった。

甘く考えていた。静子は天涯孤独なのだ。

彼女のおかれた状況は、私が思っている以上に悪い。学校では級友たちに無視され、担任の倉持先生にも目のカタキにされてる。その上、置屋のおねぇさんたちにまでつらくあたられていた。

唯一の庇護者だった祖母も亡くなり、残されたしーちゃんはたった一人で世間に立ち向かっているのだ。

親友だと自称している自分が恥ずかしい。

無力さが情けなかった。甘やかされて育った末っ子の私には、他人を思いやる気持ちが欠けている。ひとりぽっちの静子と楽しく遊ぶことぐらいしかできない。たわいもないことでじゃれあうのが精一杯だ。

好恵がメガネケースから黒縁の大きな丸メガネをとりだした。そしてメガネのよっちゃんにもどった。

「やっぱりそのほうが似合うてるよ」

「へんにかざってもしゃあないワ。しーちゃにみたいに強く生きたるんや。それにしたかてひどいな、あのおねぇさん」

「女の子をたすけられるのは大人の女だけやのにな」

「たすけるどころか、足をひっぱってるし」

「きっとお座敷で男にばっかり媚びを売っててんねんやろ。うちらはぜったいにそんな風にならんとこな」

「ならへん、ぜったいに」

「指切りしよか。いくで、指切りげんまんウソついたら針千本飲～ます。指切った」

私たちは小指をからめ、道の真ん中でかたく誓い合った。

誓いをやぶれば大変なことになる。げんまんとは拳骨一万回という意味だ。拳骨で一万回なぐられ、針を千本飲まされるのは痛すぎる。なにがなんでも乙女の誓いを継続しなければならない。

少女を守れるのは少女だけ。

たとえ守れなくとも、一緒に笑い合えるのは少女同士だけだ。そのことをしっかりと心に刻みこんだ。

夏の冒険旅行は前へ進むことが絶対条件だった。ほかの思案はない。へこたれず炎天下で強行軍を再開した。

「予定どおりサリーの家を探しにいくよ。よっちゃん、ついといで」

「言われんでも、とことんついていくし」

丸メガネのよっちゃんはいつだって元気だった。

市電の上七軒駅から乗車した。クリーム色とグリーンの二段に色分けされた車体は古都の風景ときれいに溶け合っている。

「うちが誘うたんやし、今日のところはまかせとき」

年上の私が電車賃をだしてあげた。

お昼の時間帯なので席は空いている。ならんですわり、車窓から吹きこむ生ぬるい風に身をゆだねた。

京都市内を縦横(じゅうおう)に走る路面電車は庶民の足となっている。通学通勤にはみんな重宝していた。同行の好恵も路線図がきっちりと頭に入っている。

「涼子ちゃん、降車駅が北白川なら乗り換えせんですむやんか」

「一本道やな。川向こうまで行くのんはひさしぶりや」

西陣育ちの私は、めったに加茂川の対岸地区へ足をのばさなかった。

そこには京都大学があって、有名な学者や大学教授らの邸宅が建っているらしい。文化という言葉を敬遠してきた私にとっては禁断の地だった。

ずっと場ちがいだと思ってきた。

肌が合わない。鼻もちならない京大生の家庭教師を間近に見て、その気持ちがいっそうつよくなった。

だが今回は市電で加茂大橋を渡る気になった。サリーの家を探し出せば、その流れの中で本命のジュリーの実家も判明するはずだ。

天神さんと融和できた私は、自分の勘を信じることにした。

今出川通りをまっすぐ東へと路面電車が進んで行く。京都市中は碁盤の目状なので、横線部分の大通りを何度となく通過した。堀川通りを過ぎ、京都御所ぞいの烏丸通りにさしかかった。

「よっちゃん、ちょっとわが家の自慢話してええか」

「かめへんよ。お菓子をもろてるし、なんぼでもしゃべりぃな」

「あんなぁ、この烏丸通りにずらーっと大きな社屋が建ってるのんは、うちのおばぁちゃんの予言が当たったからなんやで」

「意味がわからへん。急に何の話」

「うちに魔物を追い払う力があったんは、たぶんそんな変てこりんな血筋やから」

「……そうやったん」

眠たげな生返事に負けず、私は石井家に伝わる逸話を一心に語った。

「日本初の市電がな、京都市内に開設されると決まったとき【千里眼の千鶴子】という霊能者があらわれたんや。それがうちのおばぁちゃんやねん」

「えっ、どうゆうこと。あんたとこは代々機織りやろ」

千里眼ときいて、メガネのよっちゃんの目がぱっちりとひらいた。

かまわず私は話をつづけた。

「当時の人は、みんな加茂川ぞいのにぎやかな河原町通りに市電が開通すると思てたんやて。そやけど未来が見える千鶴子さんは、その路線はかならず烏丸通りに設置されますと信者たちに告げたんや。その予言を信じた人だけが烏丸界隈の土地を買い占めた」

「それで、どないなったン」

「見事的中や。土地が値上がりして大儲(おおもう)けした信者たちは、烏丸通りにでっかい社屋を次々と建てはった」

「なんや、お金儲けの話かいな」

「それだけやない、千鶴子さんのすごい話はほかにもあるねんで。なんと五十五歳で男児を産んだんや。その男の子の名前がなんと石井芳治」

「うわーっ、あんたのおとぅさんやんか。そこで男の子が生まれてけぇへんかったら、涼子ちゃんもこの世にはおらへん。すごいワ、千鶴子さん」

好恵が手を拍って石井家の祖母をほめたたえた。

不可解な霊能力より、じっさいの老齢出産に拍手を送ってくれたらしい。

だが物事はそれほど簡単ではない。霊力にめざめた千鶴子さんは、後援者らから上納金を集めて北山大橋近くに石井神社を創設した。現世利益を求める秦氏ゆかりの人々が殺到し、一時は三千人の信者を従えたという。

ふつうの主婦は生き神様として祀り上げられ、戸惑う夫を見捨てて女宮司におさまった。そして家族ですら手の届かない存在となったようだ。

当然、石井家の幼い子供たちは西陣に残されてしまった。

『この世にあんな怖い人はおらへんで。なんもかんもお見通しやよって、わしなんかそばにも近づけんワ』

それが父の芳治の口ぐせだ。

少年志願兵として遠い熊本まで行ったのは、母親の恐ろしい霊力から逃れるためだった。帰郷後もずっと疎遠で、石井神社恒例の子供神輿が出るときだけ、食いしんぼの私だけが大きな菓子袋をもらいに行っていた。

烏丸通りを過ぎると、車内に流れこむ生ぬるい風が一掃された。川筋からさわやかな涼風が流れてきたのだ。

京都市内を流れ下る加茂川は、夏場はクーラーがわりになる。

「よっちゃん、気持ちええなぁ、加茂の風は」

「もうすぐ出町柳（でまちやなぎ）やね。ほんまに見つけられるやろか、サリーの家」

「うちをだれやと思てんのん。千里眼の千鶴子さまの孫娘やで」

「おそれいりました」

隣席の好恵が愛らしく恐縮してみせた。

出町柳は加茂川と高野川（たかのがわ）の合流地点で、小さな三角州をかたどっている。市電が加茂大橋をゴトゴトと渡っていく。

左辺に見える下賀茂（しもがも）神社の森が青々と光っていた。なんだか古代の異国にやってきたような心地になった。路面電車は居眠りに最適な一定速度を保っている。私もまぶたが重くなり、うつらうつらとしはじめた。

「涼子ちゃん、もうすぐ着くよ」

よっちゃんに揺り起こされた。

窓外に目をやると、すぐそこに比叡山がそびえていた。私たちは降車客に続いて北白川駅に降り立った。

急に心細くなった。

北白川という地名以外に手掛かりはほとんどない。霊能者の血筋を引いていると大見得をきったが、こんな炎天下では何の勘も働かへん。

「陽差しがきつすぎるワ。帽子をかぶってきたらよかった」

山麓にひらけた住宅地は思いのほか閑散としていた。停留所前には二階建ての日本家屋が数軒あったが、あとは平家がとびとびに建ってるだけやった。商店街もなくて映画館どころか飲食店も見当たらなかった。

つくづく繁華な西陣で生まれ育ってよかったと思う。

そこには私の好奇心を満たす七曲がりの路地があり、なによりも食欲を満たしてくれる屋台店まで設置されている。

比叡の山麓はお金持ちの別荘地と言われてる。でも、しょせんは田舎町だ。言いかえれば下肥の匂いが漂う農村だった。大通りの左右に野菜畑が見うけられ、紫紺の加茂ナスが枝先にいくつも実をつけていた。

よっちゃんが左手で陽をさえぎりながら言った。

「えらい田舎に来てしもたなぁ。京都大学の学生街やし、もっとおしゃれなところやと思てたけど」

「そやな。人も歩いてへんし」

「こないに暑いとお菓子もくさってしまう」

「よっちゃん、そこの木陰で一緒に食べよ。な、そないしょ」

榎(えのき)の樹下へ逃げこんで清涼和菓子セットの箱をあけた。

「あぁひどい」

予想どおり中身は目も当てられない有様だった。腐ってはいないが、残り五個の和菓子が箱隅にぎゅうぎゅう詰めになっていた。

そやけど、食べようと思えば食べられる段階や。

もちろん食べることにした。私はごちゃまぜのアンコ玉を半分個にちぎりわけた。そして二人で汚い、汚い言いながら食べちらかした。

「ほんまにもう無茶苦茶でござりまするがな」

芸達者な好恵が花菱アチャコの持ちネタを口真似(くちまね)した。無芸大食の私は、おもろい、おもろいと笑い転げて場を盛り上げた。

あんこまみれの両手は、そばに生えているかぼちゃの葉っぱで拭(ふ)きとった。

そうした野蛮さを私たちは楽しんでいた。だんだん調子が出てきた。これだから少女だけの日帰り冒険旅行はやめられない。

目の前の白川通りを、三人の女子高校生がはしゃぎながら歩いてくる。

とっさにひらめいた。

そうだ、この人たちに付いて行こう。

糖分を補給された私の脳ミソが活発に働き始めた。夏休み中に笑顔の女子高生たちがめざす地点はアイドルの住処（すみか）しかない。

「よっちゃん、あの子らのあとを追おう」

「なんでやのん、ここでもう少し休憩しょうな」

「サリーの家がパッと頭に浮かんだんや。うちを信じて一緒においで。きっと願いは叶うよって」

強引に手をひっぱり、涼しい木陰から好恵を連れ出した。

前を行く三人の足どりに迷いは感じられない。舗装路をまっすぐ進み、角地で右に折れて一本裏の砂利道に入りこんだ。

道の両脇には新築の二階建てアパートが連なっている。たぶん地方出の京大生たちが住んでいるのだろう。

女子高生らは目算があるらしい。この場所に何度も来ているようだ。木造アパートの前で立ちどまり、通学カバンから小型カメラをとりだした。そして、かわりばんこにパチパチ撮（と）っている。

私もすばやくジャラ銭だらけのポケットをさぐった。手のひらサイズのキヤノンデミを引っぱり出し、こっそりシャッターを押した。

小柄な女子高生がふりむき、背高のっぽの私に親しい笑みをむけてきた。

「あんたもサリーのファンやろ。それにしても背ぇが高いな、そうっとうしろをついてきても影が長いよってすぐにわかった」

「そうです。彼の大ファンですし」

笑顔で迎合した。

自分をほめたいと思った。やはりここがサリーの実家だったようだ。

こうして見知らぬ地に遠征しても、やみくもに進んで行けばかならず目的地にたどり着けてしまう。なにか大きな力に後押しされているような感じがした。

同行している好恵が喜んで、私の背中をパンパンと叩いた。

金箔屋の真知子が言っていたように、サリーの人気も根強いようだ。女の子はみんなリーダーと称される男子が好きらしい。

私は話を合わせ、即席のサリーファンに変身して情報を得ようとした。

「うちら二人もサリーが大好きなんです。こんな大きな敷地のアパートが実家とは知りませんでした。色々と教えてください」

下手(したて)にでると、サリーの追っかけたちの顔がほころんだ。

「本物のザ・タイガースファンはサリー押しやねんで。あのけだるい独特の眠たげなまなざしがたまらんワ。将来は俳優になってもやっていける。いや、きっと名優にならはる。それはそうと、あんたどこの高校」

「西陣中学の二年生です」

「こんな大っきい中学生初めて見たワ。サーカスに売られるで」

女子高生らになんと言われようとかまわなかった。私にはどうしても聞きださねばならないことがあった。

「この近くにジュリーの家もあるらしいけど、知りませんか」

「えっ、初耳やワ。それがほんまやったらこっちが訊きたいぐらいや。その話、どこで仕入れたン」

半歩うしろにいる好恵が私のワンピースを軽く引っぱった。

長居は無用という合図だろう。

「ただの噂話ですやん。ほなこれで」

ぺこりと頭を下げ、私たちはいそいでその場を離れた。

あっけなくサリーの実家探しが実現してしまい、達成感は半減している。ジュリーに手が届かないのがもどかしかった。私が探し求める永遠のアイドルは、厚いベールにつつまれたままだった。

白川通りをもどりながら提案してみた。

「よっちゃん、この周辺を夕方まで歩きまわってみぃひんか。ひょっとしたらジュリーの家に行き当たるかもしれへんし」

「ごめん、五時からバレエのレッスンがあるねん。そろそろ帰らんと」

「歌だけやのうてバレエまで習(なろ)てんのん。えろうがんばってるな」

「芸能界はきびしいねんで。おとぅちゃんもうまくいけへんかったから、わたしが夢を果たすしかないやろ」

好恵のけなげな決意を聞いてしまうと、これ以上はひきとめられなかった。

納得した私は、よっちゃんの手をにぎった。

「わかった。一緒に帰ろ。途中で素うどんをおごったげる。疏水の近くにおいしい店があるねんで」

「おおきに。ほんま今日は最高の気分やワ」

おしゃまな好恵が同行してくれたおかげで、私のほうこそ年上気分をたっぷりと味わわせてもらった。

ジュリーの件は残念だが、いちばんおいしい物は最後までとっておこう。

夏休みごとに姉と通いつめたお店で、好恵と一緒に素うどんを食べた。少量のとろろ昆布がのっているので、塩みがきいてたまらなくうまい。甘いものを食べたあとなので、よけいにおいしく感じられた。

すっかりお腹の満ちた私たちは、来た道順をそのまま戻った。ポッケの中のジャラ銭が軽くなったので、帰りの電車賃はそれぞれ別に払った。

北野駅で降り、停留所で別れることにした。

「残念やけど今晩の盆踊りには行けへん。しーちゃんがもしも児童公園に来てくれたら、よろしゅう伝えといてや」

名残惜しそうに言って、メガネのよっちゃんはバレエ教室のある西大路へとむかった。

売れっ子の静子が盆踊りに来ることはないだろう。

いつも町をぶらついている私とちがって、置屋のあずかり子はそんな悠長な時間を持ち合わせてはいない。それにあのいけずなおねぇさんが、私の言伝をちゃんと静子に話してくれるとも思えなかった。

急に虚脱感にとらわれた。昼間の冒険旅行はきわめて順調だったが、夜が迫ればひとりぼっちになってしまいそうだ。

夕暮れの町を、私は背中を丸めて家路についた。

働きずくめの母は手のこんだ京都料理はつくらない。表戸をあけると、カレーの匂いが鼻をくすぐった。一時間前に素うどんを食べたばかりだが、私の胃袋にはまだ十分に空きがある。

玄関先にきれいに磨かれた革靴が置かれてあった。

「……また来とる」

強心臓の家庭教師が、夕食時をねらってやってきたのだろう。

あんな教えたがり屋の男と夕食を共にしたくなかった。私は忍び足で階段を上がり、三畳間の障子を静かに閉めた。隣室の姉が気づいたらしく、すぐに障子は開け放たれてしまった。

「涼子、ええかげんにしぃや。毎日どこうろついてんのン」

「今日は北白川へ行って、サリーに会うてきた」

「おもしろい、あんたのウソはすぐにばれるね。今日ザ・タイガースは東京でコンサートをひらいてるし」

「ウソやない。ほんまにサリーの自宅まで行ったんや。ちょっと話を面白くしょうとしただけやン。それより黒崎先生、またタダメシ食べに来てはるな」

「おかぁちゃんの気持ちがわからんワ。もしかしたら親に勘当された京大生を、石井家の婿養子に迎え入れようとしてるんやろか」

案外、姉の推測は当たっているかもしれへん。

私は貯金箱がわりのどんぶり茶碗に右手をつっこみ、ジャラ銭をポッケに補給しながら言った。

「うわぁ最悪やな。おねぇちゃんにゆずります」

「いらんワ、頭でっかちな男なんか」

「ええなぁ、西陣小町は。男をよりどり見取りやし」

「私には大きな目標があるよって、ちゃんと大学に入ってから彼氏は選ぶ」

「はいはい。出たとこ勝負のうちとちごうて、予定通りに生きるのんが目標やもんね。あとで食べるから、カレーを残しといてや」

最も大事なことだけ伝え、またそっと階下に降りて表戸を開け閉めした。

しぜんに速足になった。

意志のつよい静子が、お座敷を抜けだして児童公園に来ることも考えられる。感情の起伏が激しい美少女の行動はだれにも読みとれない。

いや、しーちゃんはきっと来る。

児童公園へ向かいながら、【千里眼の千鶴子】の孫娘たる私はそう確信した。ずっと先までは予測できないが、今日のことなら当てられると思った。

あざやかな夕焼けが西陣の町々を照らしている。

盆踊りの開催は六時からなので児童公園の人影はまばらだった。やぐらの上で男衆が電気系統の調整をしていた。陽が暮れ落ちる前に、吊るされた無数の小提灯(ぼんぼり)を点灯しておかなければならないのだ。

気になってベンチを見たら、好恵の置いた弁当箱が消えていた。どうやら父親のアチャコは児童公園でひと稼ぎし、五番町の集合住宅へと帰っていったらしい。

ベンチに腰をおろした私は、自分の頭の悪さを再認識した。

公園内の女性たちはみんな浴衣姿だった。ばかでかい半そでのワンピースを着ているのは私一人だけや。先ほど玄関口で家庭教師の黒靴を発見し、浴衣に着替えないままあわてて家から出てしまった。

社会正義をふりかざす京大生が忌々しかった。

週二回目の勉強は知恵熱が出てうまく回避できた。次回も同じ手で逃れよう。何度も続ければ、末っ子に甘い母が察してくれるはずだ。

「……りょーちゃん、来たえ」

ふいに横合いから声をかけられた。

あでやかな舞妓が間近で微笑んでいた。

気配もみせずあらわれるのは静子しかいない。絽の着物に西陣織りの夏帯を締め、縫い襟は朱色だった。長い地毛で結いあげた日本髪が目にまぶしい。

白く厚塗りの化粧なので、夕暮れの薄明かりの中ではいっそう美しく映える。ちょうど頃合まわりの女性だけでなく、やぐら上の男衆もみんなこっちを見ている。ちょうど頃合いだと思ったのか、二人の若者が撥をふるって左右から太鼓を叩き始めた。

「どないしょ、ほんま恥ずかしワ。このあともお座敷があるよって、こんな格好で来てしもて」

「会えてよかった。話したいことがいっぱいあんねん。あれっ、しーちゃん少し背が高うなったんとちがう」

「あいかわらずりょーちゃんはおもしろいな。背丈のある【おこぼ】を履いてるからや。歩きにくぅてかなわんけど、まだ舞妓見習いやよってがまんしてる。急いで来たから髪が乱れてしもて」

そう言って、かんざしを自分の手で挿しなおした。色あざやかな花かんざしは、年少の舞妓だけが使う髪飾りだ。割れしのぶの髷によく似合っていた。

ひとつひとつの仕草が可憐で、まなざしも清冽だった。周囲の人たちがほぅーっとため息をもらす。

上七軒の舞妓は西陣の伝統工芸品できっちりと身を整えている。たとえ心は未熟でもつけいる隙がない。花街暮らしの静子をさげすんでいる倉持先生が、この美麗な舞妓姿を目にしたら何と言うだろうか。

どんなにきれいに着飾っていても、花柳界に身を置く同性への蔑視は変わらない。とくべつ意地悪いのではなく、たぶん謹厳な女教師の考えが多数意見なのだろう。

とかく異形の者はめざわりだ。

金襴緞子の舞妓や、私のように並はずれた背丈の少女に、世間の人たちが違和感を抱くのは当然なのかもしれない。

一見いけずそうな置屋のおねぇさんも私たちと同類なのだ。そのせいか、ちゃんと言伝を静子に伝えてくれていた。第一印象が悪すぎて、嫌悪感を抱いてしまったことを申しわけなく思った。

「置屋で暮らしてはる芸者のおねぇさんたちはやさしそうやな。しーちゃんのこと心配してくれてるし」

「ええ人も悪い人もおる。どこも同じや。いま信じられるのはりょーちゃんとよっちゃんだけ。今日は誘いに来てくれてほんまに嬉しかった」

「三人一緒やったら、今日はもっと楽しかったやろな」

「また誘うてな。待ってるし」

闇が一気におりてきた。

点灯された幾つもの小提灯(ぼんぼり)が夜風にゆれている。

「だんだん人が増えてきたね。時間もないし、ここで立ち話もでけへん。上七軒まで送っていくから歩きながら話そ」

「うん。タイガースのメンバー宅めぐり、途中で聞かせてもらお」

手をつないで歩きだした。

すると、怪しげなキノコ頭の青年が私たちの前に立ちふさがった。

「あ、黒崎先生……」

「驚かせてごめん、涼子ちゃん。お宅で晩飯をごちそうになってさ、京都大学の寮へ帰ろうとしたら祭太鼓の音が聞こえてきたんだよ。なんだか盛り上がってるようだし、足がしぜんにこっちへむいてしまって」

燃えかけのカンナ屑(くず)みたいにペラペラとしゃべりだした。

言うことすべてが癪(しゃく)にさわる。いっぱしの男が、女の子二人の大切な時間に割って入るなんてゆるせなかった。

しかも、わざわざ『京都大学』を強調するところが嫌だった。

無視してさっさと脇を通りぬけた。それでも京大生はゆっくりと私たちのうしろを歩いてくる。

あいかわらずの強心臓ぶりだ。

がまんできず、ふりむいて声高(こわだか)に言った。

「やめてください、いつまでついてくるのン」

「だって道順が同じだろ。ぼくは上七軒駅から市電に乗って帰らなきゃならないしさ。どうせなら、初めて会った君のお友だちに挨拶だけでもしておこうと思って」

こっちから話しかけたのがまずかった。

返事がわりに強引に食いこんできた。彼の真意がやっとわかった。教え子の私を通して、京の舞妓を紹介してほしいのだ。

私がためらっていると、しーちゃんが軽くあしらった。

「おにぃさん知らへんのどすか。花柳界では学歴なんか通用せぇへん、お金持ってないと舞妓とは口もきけへんのどっせ」

わざとお座敷用の京都弁を使って年上の男子を翻弄した。

真正面から見据えられた京大生が、今出川通りの街灯の下で棒立ちになった。顔が青ざめ、一重まぶたの両眼がうるんでいる。完全に魂をうばわれていた。

一目で恋に堕ちた男の面相を、私は初めて見た。

あふれる恋情につき動かされ、あれほど雄弁な京大生が声も出せなかった。そして、よろめきながら逆方向へと歩き去った。

しばらく私も話しだせなかった。

美少女だけが持つ強烈な誘因力に圧倒されていた。

「りょーちゃん、ほな行こか」

何事もなかったように静子にうながされた。男がらみのささいなもめごとなど、花街で生きる彼女にとって日常茶飯事なのだろう。

私も気分をきりかえて大股で歩き出す。すると、どこからか耳慣れない鈴の音が聞こえてきた。真横にいる静子がくすくすと笑った。

「なんやのん、しーちゃん。急に笑いだして」

「そやかてあてら変やもん。あんたはジャラジャラとポケットの小銭を鳴らして歩いてるし、あてはおこぼの内側に付けられた小鈴がリンリン鳴ってる」

「ほんまや。ジャラ銭と小鈴が合唱してる」

「かくれんぼもでけへんな。どこに隠れてもすぐに見つかってしまう。かっはは、りょーちゃんと一緒やとおもしろいことばかり起こるなぁ」

私は親友のかすれた笑い声が大好きだった。

場ちがいな京大生のことなど忘れ、路面電車の線路上をリンリンジャラジャラと音をまきちらしながら歩いていく。

かみしめるように静子が言った。

「大人になりとうないな。二十歳過ぎて生きていくやなんて考えられへん。つらいことが増えていくばっかりやし」

「ほんなら芸妓にならへんのか」

「嫌いや、いまの仕事。あては身寄りがないよって、児童養護施設に送られるよりはマシやと思てがまんしてる。でもお金がたまったら置屋から逃げ出したるねん。これは二人だけの秘密やで」

「うん、だれにも言わへん。逃げるときはうちも家出するし、二人でほんまもんの冒険旅行を始めよう」

私は本気でこたえた。

親友の静子と一緒なら怖いことなんか何もない。

「かっはは、おもしろそうやな」

静子がまた笑った。それから急に生真面目な表情になり、夜空を見上げて言葉の接ぎ穂をした。

「このあてが、今日かられょーちゃんの守り神になったげる。死んだあとも霊魂となってずっと守っていくよって」

どこでながめても青い銀河は美しい。

少女らの身の上がどんなに危うくとも、星の光は万遍なく地上に降りそそぐ。私から手をにぎると、静子がつよくにぎりかえしてきた。

七章　青い鳥

出発が明日に迫っている。

大ざっぱな私も、さすがにあせりはじめていた。置屋暮らしの静子が休みをとれるのは年に数日しかない。その貴重なお盆休みを利用して、一緒にジュリーの実家探しの旅にでることにした。

そやけど、まったく情報が集まらへん。

これまでがうまく運びすぎたのだ。なんにも気負わずザ・タイガースのメンバー宅を訪ね歩いたことで、思わぬ幸運が次々と転がりこんできた。

しかし夏休みの冒険旅行の最後をしめくくる場面になって、大きな壁にさえぎられてしまった。

先がまったく見通せなくなった。

もしかすると、世間知らずの私には見えない世界があるのかもしれない。やはり大人の知恵が必要だと感じた。

幸い父もお盆休みをとっている。朝っぱらから八畳間で煙草をくゆらせながらスポーツ新聞を読んでいた。

その横にパジャマ着の私は、長い両脚を折りまげて体育座り（たいいくずわ）した。

「おとぅちゃん、しつこいようやけどジュリーの家に心当たりはないのんか」

「ほんまにこまったやっちゃな。西陣界隈のメンバーの家は知ってるけど、ジュリーの家はかいもくわからん」

「今日中にどないかしてほしいねん。うちの力ではどうにもならへん」

「よっしゃ、わしにまかせとき。ええっと、あれは無理やし……」

わずか五秒ほど思案してから、父の芳治が妙案をひねりだした。

「しゃぁない、この際やからおかぁはんにたのも」

「えっ、おかぁはんて？」

「決まってるやろ、千里眼の千鶴子さまや。わしの母親はほかにいてへん」

たしかに自分の母親を『さま』付けで呼ぶのは、うちのおとぅちゃんしかいない。

やはり最後は神頼み。

それもまんざら悪くない。

話が決まると、そこからが騒がしくなった。実母とはいえ、なにせ相手は生き神様だ。

手土産が必要になり、おかぁちゃんが丁稚（でっち）羊羹を買いに走った。

父の言によれば、高価な虎屋の羊羹よりも、千鶴子さまは粉臭くて甘ったるい丁稚羊羹が好きらしい。文字どおり商家の丁稚さんむけの安価な駄菓子やった。和菓子屋だけでなく雑貨店でも販売している。持ち金によって量り売りしてくれるので、私もジャラ銭でちびちびと買い食いしていた。

父は夏物の背広をひっぱりだし、冠婚葬祭用の黒いネクタイまでしめた。

「なにしてんのん、その格好(かっこ)」

「いっつも言うてるやろ。わしはおかぁはんが苦手やねん。黙って見つめられてるだけで震えあがってまう」

「うちにはやさしいおばぁちゃんやけどなぁ」

「あのお方はなんでもお見通しや。おまえはまだ純やし何も恐れることはないけど、わしは俗にまみれてるから怖(こお)うてたまらん」

極楽とんぼのおとうちゃんにも、人には知られたくない秘事があるらしい。

そういえば最近ちょくちょく外泊するようになった。朝帰りの折、おかぁちゃんに問いつめられて口喧嘩することもある。姉の久美子が父親ぎらいになったのは、そのせいかもしれなかった。

二階に上がってパジャマを脱ぎすてた。

私の正装はいつもどおりの特大の青いワンピースだ。生き神様に御祈祷(ごきとう)料をとられるかもしれないので、ジャラ銭を多めにポッケに入れた。

　母からは土産の丁稚羊羹を持たされた。

「涼子、早よしぃ。おとぅさんが車で待ってはるえ」

「えっ、バタコとちがうのん」

「石井神社を訪ねるときはいっつも自動車や。えろう緊張してはるワ。自分の実母やのにおかしな話や。でも一人ぐらい怖い人がおったほうが、あの人にはええのかもしれん」

　どこかしら突き放したような声調だった。

　玄関戸をあけると、気ぜわしい父が早くも愛車のエンジンをかけていた。私が助手席に乗りこむと、中古のトヨタカローラはすぐに発進した。

　見栄っぱりな父は、町内で真っ先に流行り物の製品を買いこむ。新製品の小型カメラだけでなく、たいした稼ぎもないのに自家用車まで購入してしまった。

　ふだんの仕事はすべてバタコで済まし、休日のときはカローラを乗りまわす。家族旅行だけでなく、近所の人たちの野暮用にも気軽に車を使っていた。ガソリン代が無駄になると、おかぁちゃんがいくら言っても聞き入れない。もしかすると、よからぬ女性を乗せてドライブを楽しんでいるのかもしれなかった。

　七本松の交差点で信号が赤になり、父がアクセルをゆるめた。

「ひさしぶりやな、こうして涼子と一緒に車に乗るのんは」

「最近は休みの日も一人でカローラで出かけてばっかりやんか」

「すまんすまん。釣り好きの吉岡さんがな、ご高齢やよって加茂川上流まで車で連れてってあげてるんや」

吉岡さんは高名な日本画家だ。吉岡邸にクーラーを設置したことから知己になり、小ぶりな風景画まで頂戴してた。それ以後はなにかというと画伯の名前を持ち出し、その場しのぎの言いわけにしている。

母と姉が、おとぅちゃんの行動を怪しむのも無理はない。

口にはださないが、私の直感では『石井芳治は黒』だった。天神さんの細道で魔物を退治して以後、気持ちを集中すると人の裏面がチラチラと見通せるようになった。もしかするとそれは、祖母ゆずりの妖しい能力かも。

いや、そんなことはないと思いなおす。

年ごろになって少しは知恵がついたということなのだろう。おねぇちゃんと同じく、私もいけずな京女として着実に成長しつつあった。

左折して烏丸通りへと走りこむ。おとぅちゃんのハンドルさばきは軽快で、いつも見惚れてしまう。熊本の航空基地で機械整備をしていたので、少しぐらいの故障はぜんぶ自分でなおせた。

電化製品の修理も得意で、行く先々で奥さんたちから声をかけられる。そのことがおかぁちゃんとのもめごとの種になっていた。

罪ほろぼしのつもりなのか、また家族旅行の話を持ちだしてきた。

「そうや。天気もええし明日から長期休暇をとって、みんなで九州一周のドライブ旅行へ行こか」

「また同じこと言うてる。おねぇちゃんが一緒に行けへんから無理。大事な高校受験がひかえてんのに、一人で家に置いていけへんとおかぁちゃんも言うてはるし」

「ほんなら、わしとおまえの二人で行こ。むこうにはおいしい物(もん)がいっぱいあるねんで」

「うちを食べ物で釣る気やろ」

「会いたい恩人が熊本におるんや。戦時中はえろうお世話になったし、娘のおまえを連れて行ったら喜びはるやろ」

あまり嬉しくもないが、なぜか私だけが父と気性が合う。

背丈は大ちがいだが、顔の輪郭や太い弁慶眉(べんけいまゆ)がそっくりだった。そのせいか考え方までよく似ている。

実家の呉服屋は兄にまかせ、石井家の次男坊は請け負いの電気工として勝手気ままに暮らしていた。

いまも実母を敬遠しているのは、たぶん赤子のときに生き別れたからや。

呉服屋の女房だった千鶴子さんは、口うるさい姑が急死した夜に心魂が覚醒した。突如として神霊が宿った彼女は、次々と失せ物や失踪者について言い当てた。ついには市電開設の路線までご託宣し、【千里眼の千鶴子さま】と崇められるまでになった。でも戦時中に、禁句の『日本敗北』を予言して特高警察に逮捕されてしまった。終戦後に出獄し、そこで二十年ぶりに母子は再会を果たしたという。

これら一連の逸話は、四十年に亘って石井家に語り継がれている。

そして京都で最も歴史の浅い石井神社は、北山大橋近くにひっそりと建っていた。

北山通りに入ったカローラはスピードを上げた。

直線道路をまっすぐ進むと、加茂川ごしに比叡山が望見できた。いつもは闊達なおとうちゃんが運転席で弱音を吐いた。

「あかん、やっぱり無理や。とてもおかぁはんと顔を合わされへん。きっと手ひどくしかられるやろし」

「うちかてこまるワ。どないするつもりやのん」

「すまんけど、おまえひとりで千鶴子さまに会うてくれ。人捜しのご祈禱は三十分ほどで終わるよって、そこの北山大橋の近くに車を停めて待っとくから」

「孫やのにご祈禱料がいるんやろか」

「正式のご祈禱料は高いから、雑談の中でそれとなくジュリーの住所を聞いたらええのんとちがうか」

それが大人の知恵というものだろう。

私はこっくりとうなずき、停車中のカローラの助手席から加茂川べりに降り立った。

午前中なので暑さはゆるんでいる。堤のだらだら坂をくだり、小山元町の角地にある石井神社の鳥居をくぐった。

俗界との境界線をこえ、私は手水舎で両手を丹念に洗って心身を清めた。ジュリーの実家を知るためならなんでもするつもりだった。境内ではお百度参りの氏子さんたちが、短い距離を行きつ戻りつしていた。

私も列にまざろうと思った。そやけど千鶴子おばぁちゃんに会うことが先決やし、黙ってその場を通りすぎた。

三百坪足らずの小さな神社なので本殿や拝殿は簡素な造りだった。

私は五円玉をえらんで賽銭箱へ投げいれた。五円は御縁に通じると母親から教えられていた。本坪鈴の太綱を揺らし、きっちり二礼二拍手一礼してから石井大神に願いごとを託した。

いつかジュリーに逢えますように。

私の霊能力などたかが知れてる。残念ながら何の応答もなかった。本殿に祀られた石井大神は、長寿と家内安全をつかさどっていらっしゃる。どうやら少女の恋心や悩みなど専門外らしい。

それでも一心に拝んですっきりした気分になった。そのあと社務所内へ呼びかけようとしたら、一瞬早く表戸がひらいた。

「涼子、入っといで……」

薄暗い室内から生き神様のしゃがれ声がもれてきた。

やはり千鶴子おばぁちゃんは常人ばなれしてる。

老齢なのに感覚がとぎすまされていた。すばやく孫娘の気配を感じとり、社務所へと迎え入れてくれた。

私は挨拶も忘れ、上がり框で丁稚羊羹をさしだした。

「これ、うちのおとうちゃんが土産に持っていけと言わはって」

「おおきに、もろとくよ。ほんでご本人は顔もださず、加茂川べりで待っててんねんやろ」

「うん。北山大橋のたもとに車を停めてる」

生き神様に隠しごとをしても無駄なので正直に話した。

「昔からあの子はわたしから逃げてばっかり。心にやましいことがあるからや。とにかく上がりなさい」

私の返事も待たず、すたすたと奥の大広間へとむかった。

白衣白袴の後ろ姿からは年齢が読み取れない。とっくに九十歳をこえているはずだが、足腰だけでなく頭の方もしっかりしている。いまの体調なら『長寿日本一』を獲得するとおとぅちゃんが言っていた。

でも、そうはならないと私は感じとった。

板敷きの広いご祈禱部屋は薄暗い。窓や障子が閉ざされていて通気が悪かった。地中にたまった暑気がムンムンと立ちのぼってくる。

祭壇を背に、上座にすわった祖母が無造作に包装紙をやぶり捨てた。

「これ、ちょうど食べたかったんや」

つぶやくように言って、箱内から好物の丁稚羊羹を手づかみでとりだした。

生き神様ともなると礼儀などにしばられないらしい。あるいは私と同じで、ただの食いしんぼなのかもしれへん。

分け与えられた羊羹の切れはしを、私は遠慮なく口に入れた。

「おいしいね、おばぁちゃん」

来訪の目的を忘れ、私は笑い声をひびかせた。おとぅちゃんが恐れ慄く千鶴子さまも笑っていた。

量り売りの丁稚羊羹を完食した祖母が、あらたまった声調で言った。

「芳治を待たせるのんもかわいそうやし、さっさと済まそか」

「やっぱりすごいな、まだなんも言うてへんのにわかるんや。こうしてうちが来ることも予知してたし」

「そう、わたしは千里眼やよってな。好きな男の人の住所を知りたいのやろ」

「それやったら、男の人の名前もお見通しやねんな」

「……その名はジュリー」

ご祈禱もせず、一発で人物名を言い当てた。

こらえきれず、私はげらげらと笑いだす。どう考えても理屈が通らない。文字どおり子供だましの手口やった。

「ああおかし、そんなんインチキやんか。ここへ来る前におとぅちゃんが電話連絡してたんやろ。そやからうちがくることも、願いごともぜんぶ知ってたんや」

「当たり」

生き神様がおどけて舌をだした。

今朝私がパジャマを着替えに二階へ上がったとき、父が石井神社へ電話して訪問を告げたのだろう。ジュリーの名前まで通知していたとはあきれかえってしまう。

「こんなんやったら、うちかて千里眼が使えるワ」

「涼子、あんたならできるえ」

「ほんまか。コツを教えてぇな」

私が身をのりだすと、高齢の女宮司の眼光がぬめりを帯びた。

「簡単なこっちゃ。失せ物はたいがい自分の目の前にあるし、行方不明の人は遠くで生きてるか死んではる。みんな明日のことがわからないと言うてるけど、だれかて明日のことぐらい予測がつく。小学生でも週明けの時間割りは頭に入ってるしな」

「そやけど遠い未来のことは予測がつけへん」

「それが一番当てやすいねんで。人はかならず死ぬんやよって、その覚悟のほどを相手に伝えたらすむ」

すとんと腑(ふ)に落ちた。

生き神様の言うことにまちがいはない。人の未来は、寿命という言葉でちゃんと定まっているのだ。

だれもあらがうことはできない。覚悟があるかないかの差だけや。

私の脳裏に祖母の安らかな死に顔が鮮明に浮かんだ。

「悲しいワ、もうすぐ死ぬんやね。それでうちを霊力でここへ呼び寄せたんや」

「それも当たり。九十六歳の高齢者やもん、明日死んでもおかしない」

「死ぬ前にちゃんと占ってぇや。ジュリーの家はどこにあるのン」

孫の残酷な問いかけに、千鶴子おばぁちゃんは本気でこたえてくれた。

「ええか、涼子。これから言うことは占いやご託宣とはちがう。この年までわたしが生きてきて実感したことなんや。『本当に逢いたいお人には一生逢われへん。そして逢ってはいけない二人はかならずめぐり逢う』と」

「ほんなら、うちとジュリーは……」

一生逢えないと悟（さと）った。

感情が昂ってハラハラと涙がこぼれ落ちる。こんなつらい話を聞くのなら石井神社に来なければよかった。

祖母がさしだした手ぬぐいで涙をふいた。

「よう見たらわたしと同じ（おんな）で、あんた目が互い違いやな」

「うん、同じじゃ。心が乱れるとひんがら目になってしまう。おとぅちゃんが隔世遺伝やと言うてはった」

「かわいそうに、真っ当には生きられへんな。これからは人の意見など聞かんでもかめへん。自分の好きなように生きなさい」

不吉なことばかり告げられて、私は自分の将来が不安になった。

「これから先、うちはどないなるんやろ」

「……お望みどおり百まで生きる」

千里眼の千鶴子さまが、こんどは力強くご託宣してくれた。

孫娘と祖母の不可思議な懇談は三十分ほどで終わった。風呂敷に包んだ文箱を土産に持たされた。

加茂川ぞいの車道までもどると、白のカローラが停まっていた。おとぅちゃんが助手席のドアをあけてくれた。

長身の私はからだを丸めてすばやく車内へもぐりこんだ。

「ああしんど。緊張してたから疲れたワ」

「なんや、その大きな風呂敷包み」

「千鶴子おばぁちゃんからもろたんや。これはあんたの物やから大事にしぃやて言うてはった。たぶんお菓子セットやと思う」

「涼子、ちょっとかしてみ」

自分のひざ元で風呂敷をほどき、おとぅちゃんが文箱をそっとあけた。中に収まっていたのは古い書類だった。

私はがっかりしてシートにもたれこんだ。

「生き神様のしはることはわからんワ。食べられへんもんばっかり詰めこんで」

「……大変や！」

「なんやのん、血相かえて」

「涼子、とんでもないことしでかしよったな。おまえが受け取ったこの書類はな、石井神社の土地建物の権利書や。おまけに定期預金の通帳とハンコまで入ってるがな。それにおかぁはんの遺言書まで」

私は途方に暮れるばかりだった。お土産の中身にどれほどの価値があるのか、まったく判断できなかった。

おとぅちゃんが上機嫌で説明した。

「つまり千鶴子さまは、すべての財産を孫娘のおまえに譲渡したんや。ほんまにありがたいこっちゃ」

「なんでうちなん。同じ斜めの目をしてるからやろか」

「理由なんかどうでもかめへん、おまえが神社の二代目に決まった。石井家の当主となって女宮司になるんや」

「えっ、うちがあの辛気くさい神社を継ぐのんか」

「なんもかんもジュリーさまのおかげやな。あのお方を探してたら、宝の山に導いてくれはった」

ついにはジュリーまで『さま』付けになってしまった。

土地建物の権利書にそれほど価値があるとも思えない。しかし預金通帳の大切さは知っている。おとぅちゃんの背広の袖をひっぱった。

「通帳だけ返してぇな。うちがもろたんやし」

「あかん。おまえは買い食いばかりして金づかいが荒すぎる。しばらくはわしがあずかっとくから」

左手でつよく突き放された。これまで一度も見たこともない悪相だった。

瞬間、凍りつくような霊感に全身が浸された。

石井芳治の行く末が垣間見えた。二代目女宮司という言葉が、のんびり屋の私を覚醒させたのかもしれない。

この人は、妻子を捨てて家を出ていく。

その姿がはっきりと目に映じた。霊能者の祖母が言うように、未来を予測するのはさほどむずかしくない。外回りをしている社交的な父が、よその女性と出会って心を通わせるのは自然の流れなのだ。

押し黙っていると、一転しておとぅちゃんが必死に私をなだめた。

「すまん、涼子。千里眼の千鶴子さまがらみになると、いっつも頭が混乱してしまうねん。もちろん文箱に入ってる物はぜんぶおまえのもんや。せやけどまだ未成年やから、父親のわしが後見人になってあずかっとくだけや」

「だめ。文箱はおかぁちゃんにあずける」

「どうゆうこっちゃ。和子に事務能力なんかあらへんがな」

「能力はおとぅちゃんよりあると思う。それに正直やし安心できます」

祖母の口調をまねて、きっぱりと言った。

それは大好きだった父親への決別宣言だった。どうせ家を出ていく人に、大事な権利書や預金通帳は渡せない。

大柄な私は、父のひざ元の文箱を強引にむしりとった。

「これはおかぁちゃんに渡すし」

「本気で言うてんのか」

「千鶴子おばぁちゃんにも言われた。これからは人の意見などきかず、あんたの好きなようにしなさいて。生き神様にさからうのんか」

「子どもあつかいして悪かった。涼子、そんなに怒らんでもええやろ。これから家にもどってゆっくり考えて、おまえの思いどおりにしたらええ。さ、帰るで」

熱狂から覚めた父が力なくアクセルを踏んだ。

帰り道は遠い。

初めてのいさかいなので互いに気まずかった。車中で父がいろいろと話しかけてきたが、私は返事をしなかった。

姉と同じ轍を踏んでいた。

もう二度と修復できないと感じた。あれほど好ましかった父の軽快な言動が、すべて薄っぺらなものに思えてくる。車内にこもる中年男の体臭も生理的にがまんできなくなった。

急に吐き気におそわれた。

これ以上は同乗できない。私は半泣きになって叫んだ。

「そこで止めてッ、うちは電車で帰るよって。止めて！」

「わかった、わかった。わしは先にもどって和子に説明しとくから、その文箱は大事に持って帰りや」

カローラは市電の烏丸駅近くで停車した。私は風呂敷包みを手にして車から降りた。外気にふれると嘔吐感(おうとかん)はおさまった。

折よく市電がやってきた。父は私が路面電車に乗りこむのを見届けてから愛車を走らせた。

娘のことより文箱内の書類が気になるらしい。そう感じとった。いったん心が離れると、なんでも悪いほうへと頭が働く。

白のカローラはしばらく並走していたが、途中で市電を追い越していった。

これからは父を『おとうちゃん』と甘え声で呼ぶのはやめると決めた。年ごろの娘が、父親と一緒に散髪屋に行ったり、映画館に通っていたこと自体がおかしい。姉の久美子と同じく、家庭内ではずっと不機嫌な態度で接しよう。そうしておけば、父に話しかけられないですむ。

一目で人を好きになることもあるが、嫌いになるのも一瞬の心の綾(あや)だ。

文箱を抱えて私をにらんだ父の形相(ぎょうそう)を打ち消すことはできない。あの顔がちらつくかぎり、父と仲直りするのは無理だ。

私たち少女はみんなこんな風に父親から離反し、独り立ちして大人への階段をのぼっていくのだろう。

北野駅で降車した私は、さまざまなことを思案しながら歩きだす。

父娘(おやこ)喧嘩の発端は、まぎれもなく祖母が私にくれたこの文箱だった。人の未来を予測できる霊能者なら、こうなることはわかっていたはずや。

だとすれば、これは浦島太郎の玉手箱とかわらへん。現に箱を開けた父はたちまち精彩を失ってしもた。

家庭内で唯一の味方だった私にまで邪険にされ、居場所をなくした父はきっと他の女性のもとへ走る。

そうした一連の流れが出来つつあった。でも千里眼の千鶴子さまが望んでいることは、そんなありふれた家庭崩壊劇ではないはずだ。

私を後継者にえらんだ理由はきっとほかにある。

自分の将来について、私はこれまで何も考えてこなかった。しかし祖母から渡された文箱によって、あらぬ方向へ連れて行かれそうになっている。

古くさい神職の道へ進むなんて想像もつかない。

痛快な冒険旅行の最終日を前にして、私はすっかり気落ちしてしまった。

「ただいま……」

声をかけると、めずらしく姉の久美子が上がり框で待っていてくれた。

一階には人の気配がなかった。

「涼子、代替わりの話を聞いたえ。大変なことになったね」

「あれっ、二人ともいはらへんな」

「おとぅちゃんは実家の呉服屋へ行かはった。もとから兄弟仲もようないし、遺産相続で伯父（おじ）さんたちともめる前に話をつけとくとか言うて。おかぁちゃんは煙草屋の京子伯母さんのとこへ相談に」

「てんてこまいやんか」

「他人事みたいに言いなさんな。あ、それと大事な文箱は……」

「ここにあるし」

手柄顔で見せつけ、姉と共に奥の八畳間に入った。ちゃぶ台の上に文箱を置くと、勉強をそっちのけで姉がせっついた。

「教えて。あんたが千鶴子おばぁちゃんからもろた文箱の中身は何なン」

「これは玉手箱やさかい、中身を見たらあかんねん。悪いことが起こるよって」

「たしかに前兆があったワ。おとぅちゃんが帰るなり怒鳴りちらして、おかぁちゃんも大声で言い返してはった」

「そやろ。うちもさっき芳治さんと大喧嘩したし」

「えーっ、芳治さんてどうゆうこと。えらい他人行儀やな」

「もう甘えたりせぇへん。おとぅちゃんとも呼べへん。うちはうちや」

私なりの決意を伝えると、姉があっさり受け入れてくれた。

「涼子、やっとこっちへ来たね。女の子はいつまでも父親と仲良うじゃれあってたら恥ずかしいねんで。これからはそっぽをむいときや」

そんなことも知らず、私は父からジャラ銭をポッケに投げこまれていた。バタコの後部座席にまたがって西陣界隈を走り回るのは、中二の少女にとって何よりも恥ずかしいことだったらしい。

「文箱はおかぁちゃんにあずけることにした。もし芳治さんが反対しても、うちら三人で阻止しょうな」

「どないしたん、急に大人びたこと言うて」

「ジュリーの実家が知りとうて石井神社へご祈禱に行っただけやのに、急に宮司を継ぐみたいな話になってしもた。いろんな先のことまで見えてくるし、千鶴子さまの霊感が

「きっとそうやワ、やっと不思議な力がめざめたんや。おもしろなってきたね。わたしは弁護士になるために京大法学部をめざすから、あんたは京都國學院へいって神主の免許をとりなさい」

妹思いの姉なので、途中からこうなると思っていた。

話はいつも勉強の必要性をからめて進学で決着する。近ごろおねぇちゃんは、よく女性の地位向上を口にしていた。私にはそんな高尚な目的がないので、石井神社の二代目宮司になるのはかまわなかった。

でも、無理してまで國學院へ行くのはお断りや。

勉強ぎらいに徹する私は、そこだけはゆずれなかった。

「うちは商業高校でええ。受験勉強なんかしとうないし」

「心配いらへん、推薦で合格できる。それに石井神社は神社本庁に属さない単立やから、後継者は宮司の千鶴子おばぁちゃんが決められる。だれも口出しでけへんにゃ」

「よう知ってんねんなぁ。勉強せんでも合格できるのなら國學院に行こうかな」

「安心したワ。ようやくあんたの進路が決まって」

愚妹の庇護者として気をもんできた姉が、晴れ晴れとした顔つきになった。

けれども私はまだ納得しきれていない。近親者の思惑にのせられ、望んでもいないのに神輿に担ぎあげられたような不安定な気分だった。

　文箱への興味が薄らいだ姉が、手元の封筒をさしだした。

「これ、あんたの留守中に届いたんや。きれいな毛筆で宛名が書いてある。だれやのん、村山静子さんって」

「うちの親友や。それにしたかて上手な字やなぁ」

　小筆で記された〝石井涼子〟の文字が美しかった。自分の名前が誇らしく思えてくる。静子の流麗な文字は清冽で凛々(りり)しい感性があふれていた。

　先日、路地の黒土に棒切れでなぞった石井家の住所がさっそく役立ったようだ。中の手紙も筆書きだった。かたどおりの挨拶文のあとに、明日の冒険旅行への期待感がすなおに書かれていた。

　文中に〝黒崎修一郎〟の名前が唐突に出てきた。目を疑い、私は眉根を寄せて読み進んだ。そこにはぞっとするような黒崎の言動がしるされていた。

　あの強気なしーちゃんが私に手紙で知らせてきたということは、彼女の身に危険が迫っているということだろう。

「おねぇちゃん、この手紙を見て」

「ええのか、あんたへの手紙を私が読んでも」

「うち一人では解決でけへん。相手は頭の切れる京大生やし、おねぇちゃんみたいな女闘士の助力が必要や」

「黒崎先生がらみやねんな……」

ざっと流し読みした姉の左目がつり上がった。

やはり血筋はあらそえない。怒ると、私と同じように両眼が互い違いになってしまう。

「あいつ、ぜったいにゆるさへん」

「どないするつもり。おねぇちゃんがやるんなら、私も手伝うし」

「家庭教師づらして午後には来るよって、二人で徹底的にやっつけよ。即刻解雇や。塩まいて追い返したる」

「噂をすれば、ほら」

絶妙のタイミングで、表通りで黒崎修一郎の声がした。

卑劣な男がみずから姿をあらわしたのだ。迎え撃つため、私は玄関口へ行って扉をひらいた。そして何食わぬ顔で、姉が待機する奥の八畳間へと標的を誘いこんだ。

黒崎はちゃぶ台の前にすわり、気安く姉に話しかけた。

「ごめんね、久美子ちゃん。ちょっと早めに来ちゃったけど」

「早く来たって、お昼ごはんはでませんよ」

気丈な姉は、さっそく相手の下腹にきつい言葉を一発叩きこんだ。

うろたえぎみに黒崎が苦笑した。

「いや、そんなつもりじゃないからさ」

「ほんなら、この手紙に書かれた一件はどうゆうことですか。涼子の親友の村山静子さんにしつこく付きまとって。彼女はまだ十四の少女ですよ」

「いや、それは誤解だよ。君も知ってのとおり、彼女はいま花街という封建的な場所に閉じこめられて深夜まで働かされてるだろ。児童福祉法にも反するから、僕は救い出そうとして……」

「ええかげんにしぃや！」

金切り声が室内に響きわたった。

私とちがって昔から姉は男たちにきびしい。口達者な父と渡り合っても、一歩も後に退(ひ)かなかった。

西陣小町は、近所でもヒステリー女として知られている。

怒った時のキンキン声は、妹の私でさえも耳をふさぎたくなる。甲走(かんばし)った姉の声がさらに黒崎へふりそそぐ。

「あんたのやってることは社会正義とちがう、ただの痴漢やんか。ほんまに気色わるいワ。もう二度と石井家の敷居をまたがんといて。もし村山静子さんに近づくことがあったら警察に通報します。さっさと帰って！」

切れ味するどい惚れぼれするような啖呵だった。

これほど罵倒されたのは初めてやったらしい。黒崎は反論もできず、呆けた表情のまま石井家から退出した。

私はしみじみと言った。

「おねぇちゃんのほうが石井神社の二代目宮司にむいてるえ」

人をねじふせる言葉の熱量は私よりずっと上だった。ただ独特の金切り声は、おごそかなご託宣には不向きだと感じた。

「あんたのほうが怖いワ。すわって対決してる二人のそばで仁王立ちになって。あの男、ずっと首をすくめてたやないの」

「おぼえてへん。喧嘩になったら顔面を蹴ったろと思てただけやし」

「そこがあんたの怖いとこやんか」

とにかく姉妹で力を合わせ、卑劣漢を蹴散らしたことにまちがいない。

噂の西陣小町はヒステリックに警察に通報するとまで言い放った。警察の怖さを知る京大生は震え上がったにちがいない。これで二度としーちゃんに付きまとうことはないだろう。

黒崎と入れ替わるように母が帰ってきた。

「そこの角で黒崎先生と会うたら、顔をふせて通りすぎてしまいはった。あんたら二人、なんがあったんか」

　姉と目が合い、私が話すことにした。

「あの人はもう家庭教師とはちがう。女性の敵やよっておねぇちゃんが退治したんや」

「よけいにややこしい。久美子、あんたが言うて」

　怒りのおさまりきらない姉が、例の甲高い声で事情説明した。しーちゃんの手紙も見せたので母も納得したようだ。

「今日は大変なことばかり起こるなぁ。それにしてもひどい話や、天下の京大生が中二の女の子をしつこく追いかけまわすやなんて。涼子も気ィつけや」

「涼子は大丈夫や。さっきも黒崎の顔面蹴ってたし」

　姉が笑いながら冗談を言った。

「やめてぇや、おねぇちゃん。それより、この文箱はおかぁちゃんにあずけるから、見つからん所に隠しといて」

「さっき煙草屋の京子さんの意見を聞きに行ったんやけど、男兄弟はいざとなったら土地とお金に執着すると言うてはる。ほんまにうちの夫(ひと)は信用されてないねんなぁ。ちょっと中を調べてみてもかめへんか」

「かめへん。おかぁちゃんが管理者やし」

　役立たずの二女は立場が急上昇したらしい。母や姉も、対等の存在として私を見るようになっていた。

母が恐る恐る風呂敷をほどき、文箱から預金通帳をとりだした。やはり土地建物の権利書などより、預金残高が気になるらしい。

かっと目を見開き、それからすぐに通帳をとじた。

「あんたら二人は見たらあかん。目がつぶれるよって」

「三十万ぐらいか？」

がまんできず私が訊くと、母が頭をふった。

「桁(けた)がちがう」

「三百万！」

「もっと上や。お金持ちの信者が多いよって寄付金も多額になるんやな。それに神社は無税やよって、入ってきたお金はぜんぶ自分のものになるし。涼子、これからはあんたに養ってもらうワ」

姉のような冗談ではなく、母は本気で言っていた。

「それはかめへんけど、うちとおねぇちゃんの月々のお小遣いは千円以上にしてや」

強気で押すと、しまり屋の母がにっこりと笑った。

「二人には三千円ずつ渡します。それやったら切りよく日に百円使えるし」

事務的な口調で言って、母が巾着袋(きんちゃくぶくろ)から六枚の千円札をとりだした。

よほど預金通帳の中身は潤沢らしい。先のばしせず、その場で今月分のお小遣いを手渡してくれた。

これでもうジャラ銭とはおさらばだ。父から十円銅貨をもらって喜んでいた自分にさよならしよう。

姉が生まれて初めて私に礼を言った。

「ありがとうな、涼子」

「失敗や」

「えっ、何が」

「こんなことならお小遣いの額、もっとふっかけとけばよかった。そうしてたら五千円ぐらいになってたのに」

なかば本気でそう言った。

すると母と姉が幸せそうな笑い声をひびかせた。自分の言葉が無性におかしくなって、私も声高く笑った。

これからは女三人でやっていける。

そう実感した。住む家とお金さえあれば、かさばる男の人など必要ないのだ。父が不在だと、いつだって姉はほがらかだし母も笑顔がたえない。家庭生活において、父の芳治がはたす役割は思いのほか小さかった。

働き者の母は動きが早い。すぐに物置から踏み台をひっぱりだして二階へと運んだ。

「涼子、ちょっと手をかして。背の高いあんたにしかでけへんし」

「なにすんのん、おかぁちゃん」

「おとうさんが帰ってくる前に、文箱を久美子の個室の屋根裏へ隠しとく。このことを知ってんのは、わたしら三人だけや」

「わかった、早ようすまそ」

石井家で文箱の在処を知らないのは父一人になった。

少しかわいそうな気もしたが、このまま流れにまかせようと思った。だれが悪いわけでもない。文箱に関することは、すべて千鶴子おばぁちゃんがしむけたことなのだ。

生き神様にさからえば、かならず罰があたる。

そして最初に罰をうけたのは、遺産をひとりじめしようとしている次男坊の父だった。

やはり高身長は役に立つ。

踏み台に乗った私は、六畳間の天井板を楽々とはずして文箱を屋根裏の奥へしまいこんだ。姉の個室は南京錠がかけられるので安心だった。

朝からめまぐるしく事態が変化し、すっかり汗まみれになってしまった。

「おねぇちゃん、一緒にお風呂へ行こうな。うち汗だらけやし」

「ええよ。お金持ちの妹にはさからえへんしな」

「さ、いそいで」

にじむ汗よりも、車中でしみついた父親の匂いを早く洗い流したかった。

気持ちが抑えきれない。反抗期というより生理現象に近い。いったん心身が拒絶反応を示すと何もかも嫌になる。

あれほど父を慕っていたのに、自分の変わり身の早さが怖くなった。

西陣界隈のお風呂屋さんは正午から開いている。町内のあちこちに銭湯があるので、家庭に内湯など必要なかった。昨日まで石井家は毎日のようにそろって銭湯通いしていた。だれが見ても平凡で仲睦まじい家族だったろう。

今日からはちがう。

それぞれが自分の都合に合わせて通うことになる。ジュリーが歌う『青い鳥』のように、小さな幸せはもう二度ともどってこないと思った。

終章　君だけに愛を

一晩たっても父は帰ってこなかった。

そのかわり朝っぱらから来客があった。よほど差し迫った事情があるらしい。煙草屋の京子伯母さんが、例によって飄々（ひょうひょう）とした物腰でやってきた。

そして台所横の八畳間にべったりとすわりこんだ。

朝食をすませたばかりの私たち三人は、ちゃぶ台をかこんで聞き役にまわった。

「京子さん、ご面倒かけてすみません。それで千鶴子おかぁさんのご様子は……」

母の和子が話をふると、学者肌の京子さんがいつになく俗っぽい表情になった。

「五日後に他界するんやて」

「えっ、どうゆうことですか」

「本人がそう言うてはる。なにせ【千里眼の千鶴子さま】やさかい、ご自分の死期もちゃんとわかるんやなぁ。ああなったら、もうだれも止められへん。男兄弟はおろおろして、二人で競うように石井神社に泊まりこんでる」

私は、なんとなく親族の様子がつかめた気がした。

やはり相続問題で一悶着起こったのだろう。欲心につき動かされた長男次男は石井神社へ押しかけたにちがいない。京子さんまでまきこんで、それぞれの遺産配分について話し合ったのだと思った。

でも、上っつらな私の霊感なんかあてにならない。

話の内容は大きくちがっていた。

「昨晩は大変やった。石井神社の氏子総代の田中さんから電話連絡があって、兄妹全員が呼び出されたんや。行ってみたら、奥座敷に京都の政財界人がずらーっと顔をそろえてた。そして上座にすわった千鶴子さまが、『五日後にあの世にまいります』とお別れの挨拶をしはったんや」

あまりに突飛すぎて意味がつかめなかった。

姉の久美子が小声で京子伯母さんに問いかけた。

「重病ということなんですか」

「あいかわらず元気やで。それでも御本人が言うには、時期がきたよってみずから食を断ち、水も断って死なはるんやて。人は何も食べなくても二週間ぐらいは生きられるけど、水分補給がないとすぐに力尽きるよってな。自分が黄泉路に旅立ったあとは、『孫娘の石井涼子に全権をゆずる』と遺言めいたことを言うてた。総代さんたちは変に感激して男泣きしながら了承しはった」

「ほんならうちが……」

「おかぁはんが死ぬのに、おめでとうでもないけど。よかったな涼子ちゃん、これで正式にあんたが女当主になったんや。石井家でいちばん偉いねんで」

「そんなんこまるワ。なんもわからへんのに」

困惑するばかりで気持ちが定まらなかった。

大好きなジュリーを追っかけていただけなのに、たどり着いた先は薄暗い石井神社の本殿だった。そんな所にずっと閉じこめられてはたまらない。

父と同じく、千鶴子おばぁちゃんの霊力から逃れたいと思った。

でも、母も姉も乗り気なので逃げ場までふさがれている。しかも姉には京都國學院へいくと約束させられてしまっていた。

その姉がさっそく口をはさんできた。

「伯母さん。もし妹の涼子に代替わりしたら、その時はわたしたちも一緒に北区の石井神社に移り住むということですか」

「そうなるわなぁ。西陣はええ所やけど、加茂川べりの暮らしも悪うないよ。わたしも若いころに沖縄の石垣島に八年ほど住んでたことがある。青い海を毎日ながめてぼぅーっとしてた。おかげで婚期を逃してしもたけど、なんやしらん楽しかったワ」

「ようわかります。ここは人づきあいが多すぎて勉強にも身がはいらへんし。人の目も気になってわずらわしい。涼子、みんなで北区へ移ろう」

姉の口ぶりからして、その中に父は含まれていないのだろう。

生まれ育った西陣の町から転居するなんて、私は一度も考えたことがなかった。

「待ってぇや、おばぁちゃんはまだ生きてはるやんか。それに、もしかしたら石井神社の代替わりを早めに済ますために、儀式めいたお芝居をしてはるんとちゃうやろか。死出の旅やなんて大げさすぎるし」

私が疑念を示すと、京子さんが笑顔でうなずいた。

「当事者の涼子ちゃんが、いちばん客観的にみてるんやね。たしかに千鶴子さまならやりかねんなぁ。とにかく芳治が帰ってきたら、家族会議をひらいて今後の方針を決めたほうがいい。石井神社は涼子ちゃんが守っていくし、財産分与についてはわたしは法律どおりでかめへんから」

冷静な京子さんが客観的な道筋を示してくれた。

預金通帳を管理しているおかぁちゃんは、そのことを知らぬ顔で伏せていた。日ごろはとても仲が良いが、やはりお金のことになると義理の姉への態度は冷たかった。

「涼子ちゃん、何かほかに質問はないか」

「あります」

「あんたの気持ちが大切やよって、遠慮のう訊いて」

京子さんが少し身構えた感じになった。なぜか母も姉も緊張していた。この場で私がなにを言いだすのか予測がつかないのだろう。

私はいちばん知りたいことを尋ねた。

「ここ数日、野良猫の侘助の姿が見えへんのやけど……」

「そのことやったんかいな。あの子は野良猫やのうて旅猫やねん。姿をあらわした時と同じように、ふいに姿を消したけど心配いらへん。きっと自分なりの考えがあって東寺のほうへむかったんやろ。お参りした近所の人が、侘助によう似た黒猫を門前で見かけたと言うてはった」

「よかった。ずっと侘助のことが気になってたし」

「あんたには負けるワ。人とはちがう視点で世の中を見てる」

「そやかてうちはひんがら目やもん。見方がずれてしまうねん」

少しいじけた口調で言うと、京子さんが真顔ではげましてくれた。

「それが涼子ちゃんだけの個性やねんで。これからも周囲に流されたらあかんよ。俗世間とはちがう感覚をあんたが持ってるから、千鶴子さまが後継者にえらんだんや」

めったにほめられることがないので居心地が悪い。すなおには喜べなかった。ただ個性という言葉はとても新鮮やった。

学校で大事にされているのは同調性なのだ。他の生徒と見た目や考え方が少しでもちがうと、担任の倉持先生は眉根を寄せてしかりつける。

それにしても背高のっぽの私は目立ちすぎる。授業中にだらけていると、すぐに見つかって叱責された。

親友の静子は美しすぎるのかもしれない。

それに大人に対して反抗的だった。しーちゃんは倉持先生の国語のテストはいつも白紙で提出していた。

いくら流麗な筆文字が書けても評点には反映しないだろう。けれども、見せしめみたいに最下位に落とす底意地の悪い担任教師が私も大嫌いだった。

そばのおかぁちゃんまで私を持ち上げてくれた。

「ほんまやなぁ。いつもとんちんかんなことばかりしてるけど、それが涼子の個性やったんやな。見なおしたワ」

見当はずれな私の質問で、張りつめていた雰囲気がなごんだようだ。

そのあとは歓談の場となった。博学の伯母さんが、離島めぐりの楽しさを面白おかしく話してくれた。要するに人はどこでも暮らせるのだ。生まれ育った土地にしがみつく必要などないらしい。クラスメイトの真知子やルミと仲たがいし、私も二学期から西陣中学校へ通うことが億劫になっていた。

京子さんが飄然と去ったあと、母が諭すように言った。

「相続で兄妹間の争いは付き物やねんで。たがいの腹の内はわからへん。涼子、そやからこれだけはおぼえときや。いちばん手ごわい相手は京子伯母さんやからな。無欲に見える人ほど大欲を胸に秘めてるねん」

母の周到さに目を見張った。

さすが名門女子高出身だと感じた。

「それでまっさきに煙草屋の京子さんとこへ相談に行ったんか」

「そうや。敵に回したらあんなに怖い人はおらへん」

「おかぁちゃんのほうが怖いワ。預金通帳のこと黙ってるし」

「あんたのためやんか。わたしは管理者としての責任を果たしただけや」

「言われてみたらそのとおりやなぁ」

つくづく母に預金通帳をあずけてよかったと思った。

おかぁちゃんそのものが頑丈な金庫なのだ。しかも娘たちには無償の愛だけでなく現金も渡してくれる。

月々のお小遣いも、父のようにしみったれたジャラ銭ではなく、きれいなお札やった。

これなら今まであきらめていたザ・タイガースの公演も行けるようになるだろう。

少女たちが夢見る洋服のショッピングだってできるはずだ。

その気になれば護身用の刃物だって購入できる。アケミが肩掛けバッグに隠し持っていたジャックナイフは、危険をはらんでいて最高にかっこよかった。

ひとりでに笑みがこぼれる。わずか数枚の千円札で、こんなにも楽しいプランが次々と描けることに私はひたすら感動していた。

世の大人たちが、見苦しくお金儲けにいそしむ気持ちがやっとわかった。

面倒くさい話は母と姉にまかせることにした。石井家の女当主という言葉にのせられ、私は重みのある口調で言った。

「これから親友の村山静子さんとショッピングに行ってきます。門限は夜九時。外食するので晩ごはんはいりません」

だが、やはり口うるさい姉が黙ってはいなかった。

「ちょっと待ち。あんたが晩ごはんを食べへんかったことなんかめったにないやんか。千鶴子おばぁちゃんがいつ死ぬかもわからんのに、遅くまで遊んでたらあかんえ」

「わかった。八時には帰ってくるよって」

姉の叱責を逃れて二階に駆けあがった。

ちゃんとした外出着は持ってない。なんの不満もなく、母手作りの特大ワンピースでずっと過ごしてきた。

不満がなかったのではなく、あきらめていたのだと気づいた。

自分でお金を得る方策のない私たちは、おしゃれをしたくてもでけへんかった。大ざっぱな私は論外だが、大多数の少女たちはお仕着せの垢ぬけない洋服を親にあたえられ、自分の個性を押し殺して情けない顔で町を歩いてた。

未知なるショッピングというものを、今日こそしーちゃんと二人で成し遂げよう。それもまた女だけの日帰り冒険旅行にふさわしい。幸いなことに私の懐には軍資金がたっぷりとあった。

それに二代目宮司として、生き神様の言葉は厳守しなければならない。『本当に逢いたい人には一生逢えない』というつらい教訓を守り、憧憬するジュリーをこれからもずっと遠くでながめていよう。

女子中学生だってへソクリはある。

私はお正月にもらったお年玉をためていた。やたら親戚が多いのでけっこうな額になっている。分厚い百科事典にはさんでいた六千円をとりだし、ハギレで作った巾着袋に入れた。ついでに小型カメラも押しこんだ。

冒険旅行の記念写真を撮るべし。

そう決めた。目元にコンプレックスのある私は、これまでずっと写真撮影をさけてきた。でも被写体がしーちゃんなら、きっときれいに写るはずだ。

くやしいが、私は小さなバッグひとつ持っていなかった。これで中流家庭の子女と言えるのだろうか。しかし、もらったばかりの三千円とジャラ銭を合わせれば、なんと持ち金は一万円近くになった。

それは天文学的な数字だった。

ナイフはともかく、このさい洋服もバッグも靴もぜんぶ買い占めよう。いまの私なら、しーちゃんとおそろいの新品の夏着で古都を散策することだってできるはずや。

夢がふくらんで興奮が抑えきれない。そばの鏡を見ると、やぶにらみの少女が大笑いしていた。

自宅を出た私の足どりは羽毛のように軽い。助走をつければそのまま大空へと飛び立てそうだった。

待ち合わせの場所と時間はしーちゃんの都合を優先した。

市電の上七軒駅に正午ぴったり。

約束の時間には二十分以上も早いが、心が浮き立って待ち切れなかった。今日こそは不意打ちされないよう、市電の停留所で四方に目をくばった。

路面電車が上七軒駅に到着して視界がさえぎられた。停留所で客が乗り降りしていると、横合いから静子のかすれ声が聞こえた。

「来たよ、りょーちゃん」

「あ、また先手をうたれた」

「なに言うてんの。二人で試合してるわけでもないやろし」

「このまま乗ろ、話は車内で」

私は静子の手をとって車輛に乗りこんだ。

路面電車を使えば、京都市内ならほぼ全域に行き着くことができる。席はあいていたが、私は立ったまま話しだす。

「ごめんな、しーちゃん。先にあやまっとくワ。本日のジュリーの実家探しは変更になりました。うちのおばぁちゃんが、もうすぐ亡うならはるよって……」

やはりうまく説明できない。祖母とジュリーがどうつながるのか、自分でも整理がついていなかった。

しーちゃんは深く詮索せず、笑顔でこたえてくれた。

「あては別にかめへんよ。りょーちゃんと一緒に遊ぶつもりで来たんやよって。ジュリーのことはいつでも探せるし。それよりどこへ行くつもりなん？」

「いつもどおり足まかせや。行きたい方向へ行って、食べたいもん食べよ」

「りょーちゃんの思いつくことは、いっつもデタラメで愉快やなぁ」

今日の静子は夏用のセーラー服姿だった。

長い黒髪を真ん中分けして両肩の下までたらしていた。そしてなぜか赤い小さなリュックを背負っている。私と同じで街着は持っていないようだ。

「それから買いたいもん買おう。二人でショッピングや」

「どないしょ、あて三百円ぐらいしか持ってへん」

「このあいだオムライスおごってもろたし、今日はぜんぶうちにまかせて。二人でおそろいの服を買うつもりで来たから」

「すごいなぁ。そんなお金、どこにあったん」

「中二になって、やっと月々のお小遣いがもらえるようになったんや」

得意げに言うと、しーちゃんのきれいな瞳が翳った。

「ええなぁ、ふつうの家庭は。あてなんか着物や帯を買わされるたんびに、逆に借金が増えていくばっかりやし」

「知らんかったワ。かんにんな」

相手のことを考えず、すぐに調子にのってしまう自分が情けなかった。親友になったからといって、なんでもあけっぴろげに話してはいけないのだ。

車窓の外に目を移すと、いつ見ても懐かしい人物が線路脇を自転車で走っていた。

「あ、おった……」

そばの静子も窓外へ目をやった。

「だれ、だれのこと言うてんのん」

「紙芝居屋さんのアチャコや。というより、メガネのよっちゃんのおとぅさんやんか」

「そうなんや。好恵ちゃんも一緒やったらよかったのになぁ」

「好恵ちゃんは、今日もバレエのレッスンがあるよって」

ここでアチャコを見かけたことが嬉しかった。人に幸せをもたらす旅猫の侘助が西陣から去ったいま、守り神めいた存在はアチャコしかいない。

きっと今日もすばらしい一日になる。

二十メートルほど路面電車と並走し、紙芝居箱を積んだ自転車は横道へとそれた。

「しーちゃん、次の駅で降りよか」

「えっ、乗ったばっかりやのに」

「うちの直感や。降りたい駅で降りるねん。さ、ついといで」

たった一駅しか進まず、千本今出川駅に降り立った。このあたりの商店街は、まだ私のテリトリーだった。風呂屋や映画館、おいしい食べ物屋さんがどこにあるのか、ぜんぶ頭に入っている。

お昼ごはんを食べずに家からとびだしたので、早くもからっぽの胃袋が泣き言をもらしていた。私は昼間から重量感のある揚げ物が食べたくなった。

「しーちゃん、カツカレーって食べたことある？」

「名前だけは聞いてる。カツとカレーがごっちゃになってるんやろ」

「近くにおいしい洋食屋があんねんやんか。うちがおごるし、お昼ごはんを一緒に食べよ」

「かっはは、りょーちゃんはゼンマイじかけの人形みたいやなぁ。いったん動き出したら、ガタゴトガタゴトと直進してる」

静子がいつものようなかすれ声で笑った。

彼女の独特の笑い声を聞くと、私も幸せな気持ちになれる。アチャコに出会ったことで、流れが好転したようだ。ジュリーの実家探しをあきらめたマイナス点を、目新しい食事で少しは挽回できそうな気がする。

あそこでアチャコがあらわれたということは、昼食にカツカレーを食べなさいという啓示にちがいない。勝手にそう決めた。

今出川通りぞいの谷田洋食店は半年前に出店したばかりだった。新装開店の時は全品半額だったので家族四人で食べに行った。ジャラ銭で行ける店ではないが、今日は千円札を何枚も巾着袋にしまっているので大手をふって入店できた。

私たちは奥の二人席に向かい合ってすわった。

私はカツカレーを二つ注文し、それからコップの水をぐびりと飲んだ。ショッピングをする前に話しておかなければならないことがあった。

「お手紙読んだよ。びっくりしたワ、あんなに字がきれいやとは知らんかった」

「このまえ死んだ恵子おばぁちゃんに習うてたんや。小浜にいたころは習字の先生をしてはったから」

「うちの千鶴子おばぁちゃんも五日後に死ぬねんで。だれにも止められへん」

「大変やな、あてと一緒におってもええのんか」

「かめへん。しーちゃんと遊ぶほうがずっと大事やし」

申しわけないが、私の中で祖母の死は確定している。石井神社のご祈禱部屋で対坐していたとき、千鶴子おばぁちゃんの死に顔がはっきりと目に映じた。

大好物の丁稚羊羹を完食し、満腹になった千里眼の千鶴子さまは自分の死期を悟ったのだと思う。

きっともう何も食べたくなくなったのだ。

私は本題に入ることにした。

ほかのだれでもない、少女を守れるのは少女だけだ。

「ほんま男の人って信用でけへん。見かけと中身はぜんぜんちがうしな。手紙に書いてあった家庭教師の京大生のことやけど、姉と二人で黒崎と戦って解決したよ」

「解決って何が……」

「昨日家にやって来たから、これ以上しーちゃんに付きまとったらゆるさへんと言うといた。警察に通報するからと」

「なんでそんなことするのん。あてはあんな男のことなんか何も恐れてない。上七軒の裏道で待ち伏せされて、りょーちゃんの家庭教師やと本人が言うたから、あんたのことが心配になって手紙を出しただけやのに……」

「しもた。字が上手すぎて内容を読みまちがえたワ」

やはり私は、どこか頭のネジが一本はずれてるのかもしれへん。

しーちゃんは花街という大人の社会で生き抜いている。素人の大学生に付きまとわれたぐらいで、中二の私に救いを求めるはずがない。

執拗(しつよう)な黒崎の恋情など、静子はどうにでもあしらえるだろう。それだけの胆力を流れ者の美少女は持っている。

カツカレーが二皿テーブルに運ばれてきた。

私の目の前で、しーちゃんの顔がほころんだ。

「ええ香りがしておいしそう。どんな風にして食べたらええんやろ。スプーン一本しか置いてないし」

「作法なんかあらへん。切り分けられたカツとカレーライスを大匙(おおさじ)ですくって食べたらええねん。うちはそうしてる、見ときや」

私は大きな口をあけてカツカレーを食べてみせた。

子供のころからトンカツも好きやし、カレーも好きやった。好きなものが二つまざっているので数倍うまい。

ジャラ銭ではぜったいに食べられない贅沢品だ。

しーちゃんも楽しそうにスプーンを使って食べている。こうして女の子二人が、洋食屋で昼下がりのひと時を過ごすなんて夢のようだった。

それにしても静子は根性がすわっている。自分の窮地には目もくれず、逆に私の身の上を案じて手紙を送ってくれた。

男たちがいくら小馬鹿にしても、私は女の友情はたしかにあると思った。

私の方が先に食べ終えた。

しーちゃんが左手で胃のあたりを押さえながら言った。

「おいしいけど、もうこれ以上食べられへん。残したらコックさんに失礼やから、りょーちゃんが食べて」

これもまた女の友情だろう。こっくりとうなずいた私は、しーちゃんが差しだしたカツカレーの皿をまたたく間にきれいにした。

店員さんがお皿をさげた。立ち上がろうとしたら、「ランチサービスです」と言ってアイスコーヒーが運ばれてきた。

私たちは顔を見合わせてクスクスと笑った。すっかり大人の女の気分だった。

ストローでアイスコーヒーを飲みながら、私はとっておきの最新情報をしーちゃんに伝えてあげた。

「昨日な、近所のお風呂屋で弥生ちゃんに会うてんで」

「もしかして、あのろくろっ首の弥生ちゃんか」

「もちろん裸になってても健康的できれいやった。それに太ったもぎりのおばさんも一緒で、弥生ちゃんが背中を流してあげてた。きっと母親やと思う。呼びこみのおじさんが父親やとすると、親子三人で見世物小屋を経営してんねんなぁ」

「なんかうらやましいな。季節のお祭りごとにあっちこっち遠くへ旅がでけて」

「そやな……」

私は曖昧に笑うしかなかった。

盆踊りの夜、青い銀河を見上げながら二人でかわした言葉を忘れてはいない。

いつの日か静子が置屋から抜け出し、私も家出して一緒に放浪の旅にでる。そんな子供じみた約束を、花街の舞妓はまだ信じているのだろうか。

いまの私にできることは、せいぜい日帰りの冒険旅行ぐらいだった。

でも、あのときは本気だった。

共にどこへ流れていっても平気だと思っていた。『たとえ霊魂になっても、守り神となってりょーちゃんをずっと守ったげる』と静子が言ってくれた。

際立った美貌は同性の気持ちもざわつかせる。もし静子が望むなら、少女二人の旅がどんな悲惨な結末になろうともかまわなかった。

けれども、日をおかず石井家の血脈という大波にさらわれ、二代目宮司に祀り上げられてしまった。このままいくと北区へ転居し、夏休み明けにはちがう中学校へ通うことになるだろう。

こうしてしーちゃんと親しく語り合うのも、今日が最後かもしれない。

それを伝えたら、せっかくのランチが台無しになってしまう。私は会話を楽しい方向へ導こうとした。

「どうしたん、その赤いリュックサック。まるで小学生の遠足気分やんか」

「遠出するときはいっつも背負っていくんや」

「しーちゃんは名ショートやよって、きっとグローブでも入れてんねんやろ。ちょっと中を見せてぇや」

私がせっつくと、椅子の横に置いていているリュックから思いがけないものを取り出した。

「あてにとってはお守りみたいなもんやけど……」

そっとテーブルの上に置かれたのは小ぶりな位牌(いはい)だった。

たぶん静子の祖母のものだろう。私は適切な言葉が思い浮かばなかった。身寄りのない少女のさびしさは、だれも計り知ることはできないのだ。

「……そろそろ出よか」

私は椅子から腰をあげた。

うなずいた静子が位牌をリュックにしまいこんだ。

支払いは思いのほか安い。千円でお釣りが返ってくる額ですんだ。お昼だと外食は値段が安くなることを知った。

谷田洋食店の前でしーちゃんが言った。

「ごちそうさま。次はあてが行きたい所へ行ってもええか」

「それも二人旅の楽しさやな。場所はどこ？」

「四条大宮。終着駅やし、にぎやかな交差点にはいろんなお店があるやろ」

「ショッピングには絶好かも。ここからやと市電で行けるし」

しーちゃんが首を横にふり、それからためらいがちに私の左手をにぎった。

「二人でぶらぶら歩いて行こうな。めったにない休日やよって、もっともっとりょーちゃんと話したい」

「けっこう距離はあるけど、その方が楽しいな。さ、行こか」

私たちはビルの日陰にそって千本通りを下っていった。

しーちゃんが話しだすのを待った。だが静かに微笑んでいるばかりだった。どうやら彼女は自分のことをしゃべりたいのではなく、私のバカ話を聞きたいらしい。

さっきは見当ちがいのこと言って収拾がつかなくなった。なので、こんどは自分の愚かさを前面にだした。

「最近な、うち変な感じやねん。先々のことが頭に浮かぶし、おとぅちゃんのことも急にイヤになってしもて口もきいてへん。こっちも悪いねんけど、家庭なんて一瞬でこわれてしまうんやな。もう石井家はてんてこまいや」

真知子たちと絶交したことは伏せ、わが家の混乱ぶりを大げさに伝えた。ひとりぽっちのしーちゃんにとっては、家庭の幸せがいちばんの敵だろう。

調子にのって、私は話を転じた。

「それにしたかて、うちらのクラスの男子生徒は最低やなぁ。とくに野球部の遠山省吾なんか、やることなすことガサツやし腹立つワ。このまえも自分の店のお菓子セットを盗んで送りつけてきよったし、その前はかき氷をおごったると言うて誘ったくせに、お金も払わんと店から出て行ってしもた。おかしなやっちゃ、ほんま話が通じへん」

やっとしーちゃんの笑い声が聞こえた。

「かっはは、りょーちゃんのほうがずっとおかしいで」

「なんでやのん」

「遠山くんはりょーちゃんのこと好きなんや。ふりむいてくれへんから、悪さばっかりしてるんやんか。ほかの男いけずな連中とちごうて、スポーツに打ちこんでるから女生徒にも人気があるし。あてもソフトボールをやってたから嫌いやない」

「どっちの味方やのん。言うて損した」

「懲りずにもっと話して。りょーちゃんがしゃべってると、こっちまで巻きこまれてワクワクすんねん」

「つまりうちがアホということやんか」

少しは面白く話せるのも乱読のおかげだろう。教科書は一行たりとも読む気にはなれないが、小説ならどんなジャンルでも最後まで飽きずに読み通せる。

だが少なからず弊害（へいがい）もあった。

思春期になり、空想と妄想が入り乱れて境界線が薄れてしまった。私が興味を抱くのは舞妓のしーちゃんや見世物小屋の弥生ちゃん、不良少女のアケミちゃん、そして中性的な妖しい美しさに綾どられたジュリーだった。

聞き手の静子を意識して、私の話はどんどん飛躍していった。

「頭のええ男なんかどこにでも転がってるし、何の魅力もあらへん。そやけどジュリーみたいに顔のええ男の人は千人に一人、いや百万人に一人」

「あてもそう思うよ。りょーちゃんが、大好きなジュリーに逢わずにおこうと決めたのもわかる気がするし」

「そう。永遠のアイドルは、時は移れど謎のままや」

「何それ……」

「さっき見かけたアチャコのテーマソングの一節やねん」

「聞きたいワ。歌ってぇな」
しーちゃんにせがまれたら、だれだって断れない。私は千本通りの舗道を大股で歩き
ながら熱唱した。

王の印の勾玉は　あの地の果てか海の果て
時はうつれど謎のまま　たずねあぐねて異国の空で
カラン　トータリ　トータリアン
カラン　トータリ　トータリアン
ヒマラヤの魔王

リフレインの擬音を、私は両足を踏み鳴らしながらことさら力強く歌った。二回続けて歌うと、しーちゃんもついてきた。

「カラン、トータリ、トータリアン。カラン、トータリ、トータリアン……」

舗道を通りすぎる人たちが不審げにこちらを見ている。しかし私たちは胸を張って歌い続けた。

しばらくして、歌い疲れたしーちゃんが問いかけてきた。

「ヒマラヤの魔王ってどこにいてるのん」

アチャコから聞かされた壮大な話を、私は自分の知識として手短にしゃべった。

「教えたげる。人々に希望と絶望をもたらすヒマラヤの魔王はな、私たちの目の前にそびえ立ってる。そやけど、あまりに巨大やよって逆に人の目には見えにくい。ほんの少数の反逆者たちだけが正視することができるんや。きっとしーちゃんにも見えてくる」

「うん、あてにも見えてる」

「そやろ。うちら二人は少数派やから、人の見えないものがちゃんと見えるんや」

「……でも、それって幸せやないね」

静子が導き出した答えは、あまりにも切なかった。

四条大宮の交差点は人と車が行き交っていた。近畿圏の交通の要衝で、阪急電鉄が乗り入れているので大阪方面からも観光客がやってくる。駅舎に面している洋品店に、英国モデルのツイッギーのパネルが飾られてあった。

夕陽に映えるミニスカートが斬新だった。いつものように私は即断した。

「おそろいのミニスカートを買うからね。止めんといてや」

今週のテレビの歌謡ショーで、美空ひばりがミニスカート姿で『真っ赤な太陽』を熱唱しているのを見たばかりだった。

ツイッギーは遠い存在だ。だが日本人体型のひばりさんが着こなせるなら、私たちだってミニスカートをはけると思った。

案の定、しーちゃんが入店をこばんだ。

「あてはお座敷や稽古場で正座ばっかりしてるよって、赤黒いすわりだこがでけてる。両ひざが見えるミニスカートは無理やワ」

「なに言うてんのん、しーちゃん。背高のっぽのうちなんか、ミニスカートの丈が短すぎてパンツ丸見えになってしまうねんで。すわりだこが見えてるほうが恥ずかしいか、パンツが見えてるほうが恥ずかしいか。な、どっちやと思う」

「りょーちゃんはおもしろいことばっかり言うなぁ、どっちも恥ずかしいよ。わかった、こうなったら後には退(ひ)けへんし、ミニスカートで嵐山へ遠征しょうか。風に吹かれながら二人で渡月橋を渡りたい」

「それで決まりや」

そうは言ったが、すでに四時を過ぎている。四条大宮駅から嵐電に乗っても、終着駅の嵐山に着くころには夕方になってしまう。

静子が私を誘う時にはかならず可愛いたくらみがある。天神さんの縁日でもそうだった。見世物小屋に入ったり、薄闇の上七軒歌舞練場へ連れていかれたりした。

夕刻の行楽地には一体なにが待っているのだろうか。

軽快なショッピングが終わったあと、本当の冒険の旅が始まる予感がした。そして二人で渡月橋を渡るという行為が、なぜかとても危険なものに思えてきた。

私の勘は当たり外れが多い。

さほど気にもとめず、夏着を購入した私たちは遠足気分で嵐山まで遠征した。共に原色のミニスカートなので観光客たちの無遠慮な視線にさらされた。私はL寸を着用していたが、やはりとんでもない結果になった。

「みんな、ようこんな物をはいてんな。前を隠したら後ろが見えるし、後ろを隠したら前が見えてしまう。どないもならへんやん」

嵐山の駅前で私は立ち往生した。

夕暮れ時なのがせめてもの救いだった。

そやけど連れのしーちゃんは、ごくしぜんにふるまっている。M寸のミニスカートが愛らしかった。

「りょーちゃん、ありがとう。おそろいで買うてくれて。桂川から流れてくる涼しい風に両足をなでられて心地ええワ。もう暑苦しい着物なんか着とうない。解き放たれたみたいで、ほんまに自由な感じがする。ほら、見ときや」

いざとなると彼女のほうが大胆だった。人目を気にせず、赤いリュックを背負ったまま軽やかにトンッと跳びはねてみせた。

薄暮のなか、真っ白い内腿が目に痛かった。

渡月橋まで駅から百歩とかからない。橋脚は鉄筋コンクリート製だが、欄干部分は木造だった。私は橋の中ほどで立ちどまり、巾着袋からキヤノンデミをとりだした。

美しい女友だちの姿をしっかり切り取りたいと思った。

「しーちゃん、ここで日帰り冒険旅行の記念写真を撮らせてぇや」

「ええよ。着飾った舞妓姿で写されるのんはイヤやけど、りょーちゃんとの思い出づくりならミニスカートでも平気やし」

幽玄な嵐山を借景にして、流れ者の孤独な美少女が最高の笑顔を見せてくれた。シャッターを押した私は、ふいに自分の罪深さを思い知った。『身を捨てても、りょーちゃんを守りきる』とまで言ってくれた静子と、もうすぐ離ればなれになってしまう。親友だからこそ、この場で言わなければならない。

速まる動悸のなかでそう思った。

「うち引っ越しすんねん。おばぁちゃんが死なはったあと、西陣を離れて北区にある石井神社で暮らすことになった」

「えっ、転校するのんか」

静子の笑顔が一瞬で凍りついた。

私はつとめて明るい声で言った。

「学校はかわっても、しーちゃんに会いに行くし」

「……来(き)んといて」

「ごめん。あやまってもゆるしてくれへんやろけど」

「なんも怒ってないよ。つろうて、さびしくて、かなしいだけ。あて一人を残して、みんな遠くへ行ってしまいはる」

初めて静子の涙を見た。

泣きぬれたみなしごの横顔には、それでも強い意志が宿っている。手早くリュックから位牌を取り出した。そして持ち前の強肩で橋上から遠投した。小ぶりな位牌はクルクルと回転し、嵐山の夕焼けのなかへ放物線を描いてのまれていった。


祖母の言葉がふいにとぎれた。

彼女の回想を聞き書きしていたぼくもボールペンを机上に置いた。

社務所の奥座敷は風通しが悪くて蒸し暑かった。汗がとまらない。障子は開け放たれていても、猛烈な暑気がジリジリと地面から立ちのぼってくる。

令和の世にエアコンの設備もなく、祖母の涼子さんは団扇一つで京都の夏を平然とやりすごしていた。

「よう見たら、あんたの目も互い違いやね」

「ええ。そのせいか世の中がななめにしか見えず、ぼくも見当ちがいのことばかりやってます」

「うちとよう似てる。背ぇも高いし」

深い眼窩の底で左右の瞳が揺らめいている。

石井神社を創建した高祖母の血脈なのだろうか。なにか霊力のようなものを感じ、ぼくは居住まいを正した。

「母に同じことを言われてますよ」

「親不孝な娘や。東京の安サラリーマンのとこへお嫁にいくやなんて。ま、孫のあんたが生まれたことで帳消しやけど」

「どの時代に生まれても、人ってものは変わらない。涼子おばぁちゃんの話を聞いてそう思ったよ。物事は良い悪いじゃなく、結局は好きか嫌いかだけなんだね」

「あんたかて好きな女の子の一人ぐらいおるやろ」

「いない。出会ったこともない」

「それやったら物書きになって、独りで好き勝手に生きなさい」

ぽんっと放り投げるように言われた。

懸命にメモをとっていたので、作家志望だと勘ちがいされたようだ。文学部の学生だが、そんな大それたことは考えたこともなかった。

東京生まれのぼくは、京都在住の祖母とは数年おきにしか会っていない。かつて二軍のプロ野球選手だった夫の省吾さんは七年前に他界していた。祖父の実家は和菓子屋なので、京都に来るたびに孫の僕は飽きるほどお饅頭を食べさせられた。

そして連れ合いを亡くした涼子さんは、いまも石井神社の二代目女宮司として一人で暮らしている。

今回は必修の卒業単位を取得するため、レポート作成を兼ねて四年ぶりに京都にやってきた。地図にも載っていない西陣の実態を探り、『まぼろしの町』というあざとい主題で書き上げるつもりだった。

京都駅近くの安いビジネスホテルに泊まり、石井神社に通って西陣育ちの祖母からじっくりと話を聞きとる予定でいた。

けれども、祖母が熱心に語ったのはジュリーへの変わらぬ憧憬だった。僕たちの世代では歌手沢田研二としか認識していないが、それはどうでもいいことだ。

祖母の回想は大ざっぱだが、思いがけない細部に妙なリアリティがあった。

昭和四十年代前半の京都はありきたりな昔話ではおさまらない。

ぼくが思い描く風雅な京女や頑固な職人気質、奥深い古都の美意識などはまったく出てこなかった。

だが祖母が語る西陣の少女たちの躍動感にぐいぐいと引きこまれた。単位取得など、どうでもよくなった。当初の社会派めいたレポート作成を捨て、テーマを切りかえて自由に話してもらった。

　こうしてメモに書き記しても発表の場などないが、変哲な自分のルーツを知るにはまたとない機会だと思った。

　なにかをたぐり寄せたらしく、祖母の両眼がきゅっと内側に寄った。

「横須賀の女の子のことやけど……」

「たしかアケミさんでしたっけ」

「あの人はお医者さんにならはった。アフリカに渡って、ずっと難民キャンプで医療活動をつづけてはる。雑誌のインタビュー記事で写真を見たんやけど、白髪(はくはつ)のポニーテールでわかったんや。本名は立花明美(たちばなあけみ)さん」

「やはり人って計り知れませんね。ナイフをふりかざしていた不良少女が、どうしてそんな風になっちゃうのか」

　予想だにしない転身ぶりだ。

　いずれにせよ激動の昭和を生き抜いた女性たちはたくましい。平成生まれで、ゆとり世代と侮られているぼくなど、重苦しい世相に流されていくばかりだった。

「メガネのよっちゃんは、若いころから老け役専門で、今でもちょくちょくテレビドラマに出演してはるし」

「だったら上七軒の静子さんは……」

ぼくはいちばん気になる人物のことを口にした。

短い沈黙のあと、祖母が背筋をしゃんとのばした。

「しーちゃんは十七歳で亡うなりはった」

「えっ、そんなことって」

「悪縁やな。例の京大生の家庭教師にさそい出され、豪雨の夜に渡月橋から二人で身投げしたんや」

衝撃的な展開についていけなくなった。

明朗な昔語りが一瞬にして深い闇に覆われた気がする。あの気性の激しい花街の舞妓が自殺したなんて考えられない。

人の記憶は長い年月のなかで擦り切れてしまう。高齢者ならなおさらだろう。半世紀も前の出来事だし、信憑性はかなり薄いと感じとった。

メモ帳をひろげ、僕は念押しした。

「本当の話ですか」

「さっき話したやろ。この石井神社を興した千鶴子さまがこない言うてはった。『本当に逢いたいお人には一生逢われへんけど、逢ってはいけない二人はかならずめぐり逢う』と」

「それが静子さんと黒崎さんだったんですね」

「うちのせいで、逢ってはいけない二人を会わせてしもた。たぶん一緒に死のうと言いだしたんは、情の強いしーちゃんのほうやと思う、当時は舞妓と京大生の『嵐山心中』と騒がれたけど。五十年以上も昔のことやから、流れ者の少女のことなんかみんな忘れてしもてる」

「むずかしいな、生きていくって」

ぼくが吐息すると、逆に祖母の声調が明るくなった。

「そやけどな、しーちゃんは私の記憶の中で、最も美しい姿でいつまでも残ってんねん。そのことがとても嬉しい」

「なんとなくわかります。では石井神社の縁起に、場ちがいなミニスカートの少女の写真が載っているのは……」

「しーちゃんはうちの守り神やもん。おかげさまでこうして病気ひとつせず長生きしてますのんや」

澄み切った声で祖母が言った。

たしかに村山静子こそ石井神社の美しい守護神にちがいない。どれほど歳月が流れても、二人の少女は心の中で深く結びついていた。

「女は長命やよって、ほかの女友だちは元気にしてはる。知り合いの男の人はみんな死んでしもて会われへんけど」

「でもジュリーはまだ現役で歌ってますよ」

祖母が笑って頭をふった。

どうやら一度も逢わずにきたらしい。ジュリーは永遠のアイドルなのだ。少女たちのひと夏の冒険は、思い出のなかにきっちりとしまいこまれている。

そして本当に逢いたい人には一生逢えない。

それは、みんなが痛感している。だれ一人として思いどおりには生きられない。だからこそ一瞬の青春のきらめきを忘れてはならない。背高のっぽの少女は、今日もまたポッケのジャラ銭を鳴らして西陣の裏道を大股で歩いているのだ。

メモをとりながら、石井神社の女宮司にさりげなく問いかけた。

「この先、ぼくはどうなるんだろ」

「……きっと若死にする。お望みどおり」

短くご託宣し、京の老女がはんなりと笑った。

あとがき

体内を巣食う血流には、きっと一族の膨大な思い出が躍動しているはずだ。

ガラにもなくこんな風に思うのは、たぶん年号の変わり目に立ち会ったからだろう。

本作を書こうと思った動機はとても俗っぽい。老齢の母がふっともらした一言が、なぜか琴線にふれたのだ。

「……一度でええからジュリーに逢いとうて」

めったに本音をもらさない京女の切実な声音だった。

どうやら『沢田研二・古希コンサート』のニュースを見て、惜春の情にからめとられたらしい。

加茂川の水を産湯に使ったという母は、地元出身のジュリーこと沢田研二さんの大ファンだ。しかもその熱烈な想いは、昭和・平成・令和と半世紀にも渡っている。

絶世の美男で、どれほど凄い人気だったかを語るだけでは足りず、ついには文箱からご自分の中学時代の日記帳を取り出し、思わせぶりにさしだした。

もちろん実母の古い日記など、やはり気持ち悪くて読む気はおきなかった。

けれどもテレビの記者会見で、沢田研二さんが言った「僕は昔から厄介な性格でして……」という絶妙のコメントに共感をおぼえた。外見は比べるべくもないが、ぼくもけっこう厄介な男なのだ。

恐る恐る母の中学生日記に目を通した。

すると稚拙な文面の奥から、思いがけなく古い京都の町並みが鮮烈に浮かび上がってきた。同時に昭和期を生き抜いた少女らの息吹が一気にあふれだした。

どの時代であっても彼女たちは生命力に満ち、いつまでも叶わぬ夢を追いつづけている。

美しいジュリーはその象徴なのだ。

母が暮らしていた【西陣】は、京都市の地図には載らない幻の町だったことも知った。けっして存在しないが、住人の心の奥底にはっきりと映じている。小説の舞台には適していた。照れずに昭和期の少女ロマンを書こうと思った。

まぎれもなく、それはぼくにとってのファミリー・ヒストリー。幸い、母方の実家は京都の神社なので資料は残されていた。本編に出てくる石井神社は実在し、いまは兄が宮司だ。東京から足しげく通って一族のルーツを探った。

発見もあった。

高祖母は独力で神社を開いていた。一時は三千人もの信者を従えていたが、太平洋戦争のさなかに「日本敗戦」を予言し、急速に勢力は衰退していった、らしい。

残念ながら、子孫のぼくには何ひとつ高祖母の超能力は伝わっていない。

カリスマ性はゼロで、いつも独自の価値観で異論をのべては周囲をしらけさせる。せいぜい怪しげなストーリーを書きつなぐのが関の山だ。

直系の母も百七十センチ超えの高身長以外、たいした特徴はない。

それに古い日記にしるされた【ザ・タイガース】への劇的なアプローチは、五十年も前の出来事。正直なところ、どこまでが真実なのか判断しがたい。

古い日記の記述によると、どのメンバー宅も一ファンにすぎない女子中学生をやさしく迎え入れてくれているのだ。

いくらのどかな昭和の時代でも、こんなおもてなしがあったとは、古都の小さな奇蹟と呼ぶほかはない。しかし、思春期の強烈な思い出は、母の脳裏に深く刻みこまれていて揺るぎなかった。

申し訳ないが、ぼくもそれにのっかることにした。

現地調査には念を入れ、西陣の路地裏まで入りこんで古老らの話に耳をかたむけた。

上七軒の花街へも足をのばした。

知らないことばかりでやたら面白かったので、少しばかり筆が走りすぎ、物語の中でいくつもの誤認や現在は使用するのは好ましくない言葉があるのかもしれない。世間知らずの非才なので、どうかご容赦ください。

もちろん小説とはフィクション。

でも、作中の少女たちが駆け抜けた「ひと夏の冒険」は本当にあった。どんなに時代はめぐっても彼女らのきらめきは色あせない。

爽快な笑顔とポッケのジャラ銭の音が読者の皆様に届くことを祈っています。

令和二年　春　　　　　　　　　　　　　阿野　冠

解説

郷原 宏

ギリシア悲劇の時代から、物語の基本はエロスとタナトスにあるといわれています。エロスは「愛」です。普通には男女の恋愛や性愛をさしますが、プラトンの哲学ではイデア（永遠不変の価値）へのあこがれを意味し、フロイトの精神分析では生の本能を意味します。

タナトスは「死」。ギリシア神話では、死を擬人化した神さまの名前でもあります。フロイトは、人は生まれたときから生の本能とともに、それと対立する死（破壊）への衝動を合わせ持っていると説きました。

古来、物語の作者はこの二つを光と影のように一対のものとして描いてきました。『源氏物語』も『雨月物語』も、『赤と黒』も『ボヴァリー夫人』も、一言でいえばみんなエロスとタナトスの物語です。死と別れが避けられないからこそ、愛はいっそう激しく燃え上がるのかもしれません。

そしてもうひとつ、物語にはどうしても欠かせない要素があります。それはトポスです。トポスは「場所」を意味するギリシア語ですが、ここでは「舞台」と訳したほうが正しいかもしれません。

ご存知のように、『源氏物語』は平安時代の京都でなければ成立しない物語、『赤と黒』はルイ王朝下のパリだからこそ成立した物語です。トポスの地霊が恋人たちのエロスと合体して物語のエクスタシーを呼び寄せるとき、その作品は初めて古典と呼ばれることになるのです。

本書の著者、阿野冠氏は、物語におけるこのトポスのはたらきに、ことのほか鋭敏な作家です。高校時代（！）のデビュー作『花丸リンネの推理』（角川書店・二〇一一年、のちに『谷根千少女探偵団　乙女稲荷と怪人青髭』と改題してPHP文芸文庫に収録）では、「谷根千」と通称される谷中・根津・千駄木（東京の東北部、台東区と文京区にまたがる一帯）を舞台に、名門女子高に通う武闘派の名探偵、花丸リンネの颯爽たる活躍を描きました。そこではまさしく舞台と登場人物が一体化して、谷根千でなければ成立しえない、ちょっとレトロでキュートな物語に仕上がっていました。

この作品の初版刊行に際して、私は「すごい才能。うますぎる！」という推薦のことばを書かせてもらいましたが、その「うますぎる！」には、この高校生作家の並外れた才能に対する驚嘆とともに、谷根千の地霊と一体化した物語自体の、風味としての「おいしさ」という意味も含めたつもりです。

このおいしすぎる青春ミステリーの作者は、一九九三年六月二日に東京で生まれ、その谷根千界隈で野球少年として育ったそうです。つまり、谷根千はもともと彼の産土(うぶすな)の地だったわけで、その作品に谷根千の地霊が取り憑(つ)いたのは、ごく自然なことだといっていいでしょう。

この野球少年はまた、幼くして多才なマルチタレントでもあったようで、小学一年生のときに東京放送児童劇団に入ってNHK教育テレビ(Eテレ)などに出演しました。四年生のときには早くも作家をめざして小説を書き始め、六年生のときに書いた作品を小学館主催の第一回「12歳の文学賞」コンクールに応募しています。

このときは惜しくも年齢オーバーで失格になりましたが、中学に入ってから書いた加藤冠名義の『ちょっと大夢(タイム)』が編集者に認められ、同社発行の月刊誌『小学四年生』に、二〇〇八年四月号から一年にわたって連載されました。弱冠十四歳で原稿料を稼ぐ作家になったわけですから、これはやっぱり「すごい才能」というしかありません。しかも彼は二〇〇六年四月からジャニーズ事務所に所属していましたから、中学生にしてタレントと作家の二足のわらじをはいていたことになります。

二〇〇八年に高校受験のためにジャニーズ事務所を退所し、芸人への夢をみずから封印しましたが、作家活動のほうは高校入学後に再開し、二〇〇九年に月影禅名義の書き下ろし長編『ジョニー・ゲップを探して』(ナショナル出版)を刊行しています。

これは浅草の天才芸人ジョニー・ゲップに弟子入りした中学三年生の月影禅が、入門十日目に師匠に死なれ、多額の借金を背負い込んで七転八倒するという抱腹絶倒のユーモア小説です。阿野氏は中学時代にお笑い芸人をめざし、「R1ぐらんぷり2006」で準々決勝まで進んだ芸歴の持ち主ですから、月影禅のモデルは限りなく作者自身に近いと見ていいでしょう。

二〇一一年に阿野冠名義の第一作『花丸リンネの推理』を書いたことはすでに見てきましたが、二〇一八年には高校生探偵の活躍を描く長編『荒川乱歩の初恋』（光文社キャラ文庫）を刊行します。この物語の主人公、荒川乱歩君は、なんと谷根千高校探偵科（！）の一年生です。

さらにこの年（二〇一八）十二月、書き下ろし長編『バタフライ』が集英社文庫から刊行されて、阿野冠ファンを喜ばせました。偏差値44の都立三流高校に通う自称「童貞番長」が、初恋の少女のために一念発起して慶應義塾大学法学部をめざすという、おかしくも涙ぐましい痛快青春小説です。そこではエロスとタナトスとトポスが三位一体となって、風味絶佳の物語世界をつくりあげています。

その青春小説の名手が、今度は京都西陣を舞台に、女子中学生を主人公にした「思春期小説」を書き下ろしました。『バタフライ』が純情一直線の学園物だとすれば、こちらはまさに古都ならではの美しくもユーモラスな友情物語です。

西陣は西陣織の産地としてあまりにも有名ですが、じつは谷根千と同じく、地図には載っていない地名です。京都市上京区の北西部、一条通りと堀川の間の機業地区で、昔は千本、北野、西ノ京あたりまでを含めたようです。西陣という地名は、応仁の乱（一四六七〜七七年）のときに、細川勝元の東軍に対して、山名宗全の西軍がこの地に陣を構えたことに由来するといいますから、五百年以上の歴史を秘めた由緒ある地名です。

物語のヒロインにして語り手の石井涼子は十四歳、京都市立西陣中学校の二年生です。父親の芳治は町内の電気工事を一手に引き受ける電気屋さん、母親の和子は自宅で機織りの下請けをしています。大学受験をめざす姉の久美子は勉強好きの優等生ですが、次女の涼子は勉強のほうはさっぱりで学校が大嫌い。身長が一七六センチもあることと、「やぶにらみの涼子ちゃん」と呼ばれることに少しコンプレックスを感じています。ポケットに入れた十円玉をジャラジャラ鳴らしながら町内を歩き回るクセがあります。

芳治の母親、つまり涼子の祖母は「千里眼の千鶴子さま」と呼ばれる超能力者で、加茂川の西岸に自分で建てた石井神社の宮司をしています。その「千里眼」は息子の芳治には遺伝しなかったようですが、孫の涼子には「百里眼」ぐらいの能力が伝わっているらしく、ときどき他人の未来が見えるような気がすることがあります。

物語は、涼子が北野天満宮の縁日で同級生の村山静子と出会う場面から幕を開けます。静子は福井県の小浜から上七軒の置屋に預けられた舞妓見習い中の娘で、みんながはっと目を見張るような美少女です。

この二人には学校嫌いという共通点に加えて、人気絶頂のグループ・サウンズ「ザ・タイガース」の熱狂的なファンという共通点がありました。二人はたちまち意気投合して、夏休みにザ・タイガースのメンバーの実家を探しに行こうと約束します。

ザ・タイガースは一九六七年に「僕のマリー」でデビューしたあと、「モナリザの微笑」「君だけに愛を」など次々にヒット曲を放って一世を風靡（ふうび）しますが、一九七一年の日本武道館コンサートを最後に解散しました。その後、一九八一年に「同窓会」と称して再結成し、三十年後の二〇一三年に復活コンサートを開いています。

注意深い読者ならもうお気づきのように、この作品の題名と各章のタイトルは、いずれもザ・タイガースの曲名になっています。つまり、これはなによりもまず「ザ・タイガースの時代」の物語であり、その時代を生きた少女たちの物語なのです。

ザ・タイガースのメンバーはいずれも京都出身ですが、ベースの岸部修三（サリー）、ギターの森本太郎（タロー）、ドラムスの瞳みのる（ピー）の三人は京都市立北野中学校の同級生でしたから、地元の中学生に人気があったのは当然です。しかし、最も熱い人気を集めていたのはボーカルの沢田研二（ジュリー）で、涼子と静子もご多分に漏れずジュリーの大ファンでした。こうしたスターに対するあこがれや追っかけが、恋愛や性愛と同じく内なるエロスの発動であることはいうまでもありません。

涼子たちのザ・タイガースの実家めぐりには、もうひとり「メガネのよっちゃん」という紙芝居屋の娘が参加します。よっちゃんは年下ながらなかなかの事情通で、地理不案内な先輩たちを助けてくれます。

こうして少女たちの未知への巡礼の旅が始まりますが、その前途にはさまざまな困難や障害が待ち構えています。それをひとつひとつ乗り越えながら、彼女たちは人生の真実を学び、大人の女性になっていくのです。そして最後に、何人（なんぴと）も予想しなかった意外な結末が待ち受けているのですが、ここでそれを明かすのは、小説読者の「知らされない権利」を侵害することとなるでしょう。

十九世紀アメリカの女性詩人エミリー・ディキンソンに「哀しみのようにひっそりと／夏は通り過ぎて行った」という素敵な詩句がありますが、ここにはそのひっそりと過ぎ去った夏の思い出が、ディキンソンの詩のように繊細優美な文体で綴（つづ）られています。京の路地裏に生きる無名の少女の「哀しみ」を、これほどリアルに、これほどリリカルに描いた作品を私は他に知りません。エロスとタナトスとトポスが理想的に一体化したこの作品は、青春小説の新しい古典として長く読み継がれることになるでしょう。

（ごうはら・ひろし　文芸評論家）

この作品はフィクションであり、実在の個人・団体などとは、一切関係がありません。

本書は、集英社文庫のために書き下ろされた作品です。

編集協力　遊子堂

阿野冠の本

バタフライ

偏差値44の底辺高校から、俺は慶應大学法学部に合格してみせる！　しかも勉強はいっさいせず、ある特技を生かして……。初恋パワーで突き進む青年を描く、笑いと涙の青春コメディ！

集英社文庫

集英社文庫

君(きみ)だけに愛(あい)を

2020年9月25日　第1刷　　定価はカバーに表示してあります。

著者　阿野(あの)　冠(かん)
発行者　徳永　真
発行所　株式会社　集英社
東京都千代田区一ツ橋2-5-10　〒101-8050
電話　【編集部】03-3230-6095
【読者係】03-3230-6080
【販売部】03-3230-6393（書店専用）
印刷　中央精版印刷株式会社　株式会社美松堂
製本　中央精版印刷株式会社

フォーマットデザイン　アリヤマデザインストア　　マークデザイン　居山浩二

本書の一部あるいは全部を無断で複写複製することは、法律で認められた場合を除き、著作権の侵害となります。また、業者など、読者本人以外による本書のデジタル化は、いかなる場合でも一切認められませんのでご注意下さい。

造本には十分注意しておりますが、乱丁・落丁（本のページ順序の間違いや抜け落ち）の場合はお取り替え致します。ご購入先を明記のうえ集英社読者係宛にお送り下さい。送料は小社で負担致します。但し、古書店で購入されたものについてはお取り替え出来ません。

© Kan Ano 2020　Printed in Japan
ISBN978-4-08-744159-8 C0193